luftschacht

luftschacht.com

1. Auflage 2020

Lektorat: Teresa Profanter
Umschlaggestaltung: Thomas Kriebaum
Satz: Luftschacht/ Thomas Kriebaum
gesetzt aus der Scala
Druck und Herstellung: Finidr s.r.o.
Papier: Munken Print Cream v 1,5 100 g/m², Bilderdruck 350 g/m²

ISBN: 978-3-903081-54-3
ISBN E-Book: 978-3-903081-83-3

Rosemarie Eichinger

mit Illustrationen von
Thomas Kriebaum

Luftschacht Verlag

Eine alte Welt und eine neue

Am Rande einer kleinen Stadt, am Ende der allerletzten Straße, ganz hinten neben dem dichten dunklen Wald befand sich ein unheimliches Haus. Dort, wo die alte Linde stand und das Gras bis an die Mauern heranwuchs, als hätte man mit einer stumpfen Schere ein Rechteck aus einem grünen, fransigen Teppich geschnitten und ein Gebäude hineingezwängt. Dort kauerte es auf seine alten Mauern gestützt, die ächzten und heulten, wenn der Wind in ihre Ritzen fuhr.

Hunderte Jahre stand es ganz allein, umgeben nur von Wiesen und Bäumen. Doch die nahe Stadt wuchs und dehnte sich aus. Straße um Straße, Haus um Haus stahl sie sich heran, bis nur noch ein verwitterter Zaun eine alte Welt von einer neuen trennte. Der Zaun war klapprig und so schrundig, dass jeder, der eine der Latten berührte, sofort einen spitzen Holzsplitter im Finger stecken hatte. Und gleich dahinter breiteten sich das Gestrüpp und das hohe Gras aus. Es wucherte so dicht, dass man den Boden nur erahnen konnte.

Das Haus selbst war kein gewöhnliches Haus. Es war das unheimlichste und düsterste Haus der ganzen Straße, mit dem bestimmt unheimlichsten und düstersten Bewohner der ganzen Straße. Da waren die Leute sicher. Schließlich hatte kaum jemand diesen Bewohner je zu Gesicht bekommen. Wer nämlich nie und nimmer, auch nicht bei strahlendem Sonnenschein, sein Haus verließ, musste einfach unheimlich und düster sein. Nur manchmal bewegten sich die Vorhänge hinter den Fenstern und nachts drang hin und wieder ein schwacher Lichtschein hervor.

Tatsächlich zog der Bewohner des unheimlichen Hauses die schweren Vorhänge dann und wann ein ganz klein wenig auseinander und betrachtete diese neue Welt, die so nah war, dass er sie atmen hören konnte. Verstohlen nur und heimlich, damit niemand etwas bemerkte. Dann sah er Menschen, die ihm fremd waren, in Häusern mit Blumenkästen vor den Fenstern, inmitten von Gärten, die nach frisch gemähtem Gras rochen, und Sprinkleranlagen, die kleine, glitzernde Regenbögen über fröhlich spielende Kinder spannten.

Es war ein alter Mann, klapperdürr und blass, der ganz allein in dem windschiefen Haus lebte. Viele Jahre schon, so viele, dass er sie gar nicht mehr zählen konnte. Er dachte oft an seine Mutter und wie ihre langen Nägel im Rhythmus eines Kinderliedes auf sein Messingbettgestell geklopft hatten, damit er schneller einschlief. Und an seinen Vater und dessen wunderschöne Meerschaumpfeifen. Der würzige Duft des Pfeifentabaks hing immer noch schwach in den versteckten Winkeln des Hauses. Oft sah er auch seine Großmutter vor sich, mit hochgestecktem weißen Haar, knöchellangen Röcken und Spitzenkrägen bis unters Kinn. Sie hatte sich stets kerzengerade gehalten, weil sich das für eine vornehme Dame so gehörte.

Immer wenn er besonders traurig und einsam war, strich er über die Anzüge seines Vaters, die Zeitschriften seiner Mutter oder das Porzellan seiner Großmutter. Er hatte alles, jedes noch so kleine Stück von ihnen aufbewahrt, weil er es einfach nicht übers Herz brachte, sich davon zu trennen, und weil er eben ein Pasternak war. Denn die Pasternaks waren allesamt Sammler. Schon sein Vater vor ihm und dessen Vater und immer so fort. Generation für Generation. Alles wurde aufbewahrt, was auch immer in dieses Haus kam. Weil man nie wissen konnte, ob man es in Zukunft nicht doch einmal brauchen würde, zu einem Zweck, den man noch gar nicht kannte.

Schließlich waren all die Menschen, die dem Mann etwas bedeutet hatten, im Laufe der Jahre verschwunden, geblieben waren lediglich Dinge und eine Leere, die gefüllt werden wollte.

Der alte Mann stapelte, schichtete, türmte und schachtelte Tag für Tag, Woche für Woche, Jahr für Jahr. Er kannte jeden Winkel des Hauses, auch wenn er nicht immer genau wusste, wo sich jeder Winkel gerade befand. Die Stapel, Wände und Gänge wuchsen nämlich so schnell, dass er mitunter den Überblick verlor.

An manchen Tagen wunderte er sich, wo all die Sachen eigentlich herkamen. Allein die Gießkannen! Mit zwei oder drei hatte es begonnen, womöglich waren es auch vier gewesen, und die wuchsen schließlich bis an die Decke, eine über der anderen, wie die Blüten an einer Hecke.

Und irgendwann, beinahe unmerklich, verlor er sich zusehends zwischen all den Stapeln, Gängen, Ecken und Winkeln. Seine Ordnung schien auf den Kopf gestellt. Gegenstände fand er nicht mehr dort, wo er sie zurückgelassen hatte. Die Türme ächzten mitunter und kamen ihm verschoben vor. Ein wenig nur, aber merkbar. Stein und Bein hätte er darauf geschworen. Also durchmaß er die

Gänge mit langen Schritten und kam immer wieder zu anderen Ergebnissen, mal lief er fünf Schritte mehr, mal zehn weniger.

Dann kratzte er sich ratlos am Kopf, weil er einfach keine Erklärung dafür fand. Misstrauisch blickte er um sich, die Gänge entlang, die Wände hoch, ließ sich von unbekannten Winkeln und Ecken in die Irre führen. Für all das gab es nur eine Erklärung: Das Haus und alles, was darin auf die Ewigkeit wartete, waren weit mehr als leblose Steine und Gegenstände. Das Gebäude und die Dinge führten ein Eigenleben. Daran konnte es keinen Zweifel geben.

Seit Jahrhunderten schon war das Haus im Besitz der Pasternaks. Oder aber die Pasternaks waren im Besitz des Hauses. Ganz genau konnte das niemand sagen. Der alte Mann war der Letzte einer langen Ahnenreihe, der das Haus davor bewahrte, aus allen Nähten zu platzen. Ein paar feine Risse da und dort, doch auch nach so vielen Jahren hielten die starken Mauern stand. Er fragte sich, was wohl mit dem Haus und allem, was darin war, passieren mochte, wenn er einmal nicht mehr war. Dann wurde er traurig und fühlte sich wie ein Gefangener in seinem Haus und seinen Erinnerungen, die allmählich verblassten wie alte Fotografien.

Im Laufe der Jahre verließ der alte Mann das Haus immer seltener und die Leute begannen zu tuscheln. Die

Pasternaks lebten ja schon viel länger an diesem Ort als irgendjemand sonst und waren doch immer für sich geblieben. Man wusste im Grunde gar nichts über diese Leute. Alles Mögliche konnte hinter den alten, brüchigen Mauern vorgehen. Alles Mögliche und Unmögliche. Die Pasternaks waren einfach nicht wie die anderen Menschen. So viel stand fest.

Wenn es nämlich ein Gewitter gab, donnerte und blitzte es über dem alten Haus besonders heftig. Wenn es stürmte, klapperten die Schindeln auf dem Dach so laut, als würde der Teufel daran rütteln. Und auch wenn die Sonne schien, lag das Haus immer im Schatten eines der großen knorrigen Bäume, sodass kein Strahl die klammen Mauern zu wärmen vermochte.

So kam es, dass die Menschen von einem Fluch zu sprechen begannen, einem Fluch von immerwährendem Unglück und beklemmender Dunkelheit, der den letzten Pasternak an sein Haus fesselte.

Ein Fluch, der erst gebrochen werden konnte, wenn irgendwann ein Mensch mutig genug wäre, dem Geheimnis des Hauses und seines unheimlichen Bewohners auf den Grund zu gehen.

Eine Katze, die nicht hört

Seit einem Jahr wohnte ein Mädchen in der neuen Welt, die der alte Mann manchmal durch seine Vorhänge betrachtete. Sie hieß Anabel, war klein und hatte dürre Beine mit stets aufgeschürften Knien. Sie war wie die meisten Kinder in ihrem Alter. Sie wollte Spaß haben und die spannendsten Abenteuer erleben, die man nur erleben konnte. Also würde sie einmal Piratin werden, wenn sie groß genug war. Piratin und nichts anderes! Als Piratin kam man schließlich herum in der Welt, konnte mit Delfinen um die Wette schwimmen, mit Affen auf Palmen klettern und im dichtesten Dschungel nach verschollenen Schätzen suchen.

Eine Augenklappe besaß sie schon. Es fehlte nur noch ein Papagei, der auf ihrer Schulter hockte, und schon konnte es losgehen. Sie würde die Ozeane befahren, die Welt würde unter ihren Füßen schwanken und die Gischt in ihr Gesicht spritzen. Nach Salzwasser und Abenteuer würde das Leben schmecken, ganz so, wie sich das für ein Mädchen gehörte.

Noch stand sie allerdings vor dem Spiegel und stellte sich alles nur vor. In ihrem Zimmer in dem kleinen Haus, ganz oben unter dem Dach, am Ende der schmalen Holztreppe, wo jede Stufe hohl klang, wenn man auf sie trat.

„Ganz nah beim Himmel, wie die Prinzessin in den Wolken", hatte ihre Mutter gesagt.

„Wie der Kapitän eines Luftschiffes", hatte Anabel erwidert.

Für Prinzessinnen hatte das Mädchen nicht viel übrig. So viele Regeln und ausladende Rüschenkleider, mit denen man ohnehin in jedem Gestrüpp hängen blieb. Da war sie lieber Piratin. Frei und stark, mit Papagei, Augenklappe und einem großen Schiff mit sieben Segeln. Und wenn sie irgendwann einmal doch eine Krone wollte, nahm sie sich einfach eine. Denn einer Piratin schrieb niemand vor, wie sie sich kleiden sollte. Sie konnte tragen, was sie mochte, wären es auch eine Augenklappe *und* eine Krone. Eine Piratin konnte tun und lassen, was sie wollte. Um die Welt segeln, mit Gold gefüllte Truhen ausgraben und jeden Tag Kuchen zum Frühstück essen.

Als Anabel vor einem Jahr hierhergezogen war, plagte sie großes Heimweh nach ihrem alten Zuhause. Also hatte sie so getan, als wäre die Straße eine Insel, das Haus ein Palast und der Garten ein zu erforschender Urwald. Stück für Stück hatte sie ihr neues Reich erobert und die Umgebung kennengelernt, die anderen Kinder und die Leute, die in der Straße wohnten.

Alle bis auf den Mann, der gleich gegenüber lebte. Von ihrem Fenster aus sah sie auf sein Haus. An manchen Tagen schien es zu ächzen unter dem Gewicht des buckligen Daches, die Fassade wirkte dann rissiger, der Anstrich verblichener, die Fensterläden schiefer als an anderen Tagen. Es würde Anabel im Traum nicht einfallen hinüberzugehen, zu dem lauernden Haus in dem verwilderten Garten. Zumindest nicht ohne triftigen Grund.

Anabels triftiger Grund hatte ein rostrotes Fell und Tigerstreifen und schlüpfte eines Tages durch das Kellerfenster in das gruselige Nachbarhaus. Es war ganz früh am Morgen und eigentlich schlief die ganze Straße noch. Nur Anabel sah alles mit an und bekam es mit der Angst zu tun.

Und alles wegen einer Nuss. Einer ganz gewöhnlichen Haselnuss. Ein Eichhörnchen hatte sie fallen lassen. Also rollte die Nuss über das Dach, polternd über Anabels Kopf hinweg. Sie kollerte über die Dachschräge, am Ende jeder Schindel sprang sie ein wenig in die Höhe, plumpste schließlich in die Dachrinne und schlitterte weiter. Da konnte man gar nicht anders als aufzuwachen. Auch wenn es noch nicht einmal fünf Uhr morgens an einem Sonntag im Spätsommer war.

Anabel folgte mit ihrem Blick dem Geräusch der scheppernden Nuss. Schließlich stand sie auf und schaute aus dem Fenster. Es dauerte ein wenig, bis sie alles scharf sah.

Die hölzernen Zäune, die Gärten und die Nachbarhäuser, die darin kauerten, die Fensterläden noch geschlossen. Selbst der Morgennebel lag noch leicht wie eine Daunendecke auf dem nassen Gras.

Anabel gähnte und rieb sich die Augen. Dann sah sie es. Ihr blieb fast das Herz stehen. Sie hätte am liebsten das Fenster aufgerissen und geschrien, auch wenn das ganz und gar vergebens gewesen wäre. Oskar war längst im Kellerfenster des Hauses verschwunden. Und selbst wenn nicht, hätte er sowieso nicht auf Anabel gehört. Ein Kater hört aus Prinzip nicht auf das, was seine Menschen sagen.

Im Grunde wäre das ja nichts Besonderes, denn Katzen streunen herum. Das liegt in ihrer Natur. Aber ausgerechnet in dieses Haus musste das dumme Tier hineinkriechen, in das Haus jenes Mannes, von dem man kaum mehr als einen schemenhaften Umriss kannte. Das konnte Anabel einfach nicht verstehen. Von all den Häusern musste es jenes von Herrn Pasternak sein.

Dabei sah es alles andere als einladend aus, so wenig wie der Name auf dem fleckigen Messingschild. *Phileas Pasternak* stand dort, die Buchstaben gerade noch zu erahnen, die Schrift kunstvoll verschnörkelt, als stammte sie aus einer anderen Zeit.

Das Klingelschild war ganz rostig, so rostig, dass es bei der kleinsten Berührung abzufallen drohte. Niemand würde freiwillig auf den Knopf drücken. Der Zaun rund um das Grundstück hatte Lücken wie ein kaputtes Gebiss. Der Putz an der Villa bröckelte stellenweise von der Fassade, einige Fensterläden hingen schief in den Angeln, zwei Fenster waren überhaupt vernagelt. Alt und mitgenommen schaute das Haus aus. Müde, als könnte es sich nur mehr mit Mühe aufrecht halten. Dabei war es bestimmt einmal schön gewesen, mit seinen Giebeln und Erkern. Aber das musste lange zurückliegen, im vergangenen Jahrhundert, als Anabel noch gar nicht geboren war.

Ein unheimliches Haus, dachte Anabel. Ein unheimliches Haus mit einem unheimlichen Bewohner, alt und verbittert, dessen Gesicht niemand beschreiben konnte. Nicht mehr als ein Schatten hinter zerschlissenen Vorhängen, eine Ahnung nur, oder eine schwerfällige Bewegung.

Von Anabels Freunden hatte niemand diesen Pasternak je gesehen, nicht einmal diejenigen, die hier schon viel länger lebten als sie. Selbst die Erwachsenen zuckten lediglich mit den Schultern, wenn die Sprache auf den seltsamen Nachbarn kam. Sie redeten dann über andere Dinge, über das Wetter oder wie schön die Blumen wieder blühten. Es erweckte den Anschein, als ob ihnen das Thema unangenehm wäre, so unangenehm, dass sie nicht daran rühren mochten.

Für Kinder beginnt ein Abenteuer allerdings manchmal erst dort, wo es für Erwachsene endet, an einem klapprigen Zaun um ein verwunschenes Grundstück mit einem geheimnisvollen Bewohner. Je weniger man nämlich über einen Menschen weiß, desto absonderlicher werden die Geschichten, die man sich über diesen Menschen erzählt. Weil die Fantasie nun einmal so viel interessantere Bilder malt als die Wirklichkeit.

Vielleicht litt der Mann ja an einer ansteckenden Krankheit, eine, bei der man Pusteln und Beulen auf der Haut bekam wie eine warzige Kröte. Und niemand, der aussah wie eine warzige Kröte, würde gern aus dem Haus gehen.

Oder er war am Ende gar kein richtiger Mann, sondern nur noch der Geist eines Mannes, weil in alten Häusern oft Geister wohnen.

Er konnte aber auch ein Serienmörder sein, einer, der alle verschwinden ließ, die an seine Tür klopften. Zum Beispiel einen Pizzaboten, von dem nie mehr jemand etwas gehört hatte.

Vielleicht war der Mann ja bis zum Kragen mit bösem Zauber angefüllt oder er betrieb ein Labor, wo es brodelte und zischte, ein Labor zum Giftbrauen und Toteerwecken.

Oder er wollte den Kater essen, weil er kein Geld hatte und sich kein ordentliches Essen leisten konnte. Das weiße Kaninchen der alten Frau Schelling soll er mit einem Netz gefangen und ihm dann den Hals umgedreht haben. Das hatte angeblich irgendjemand irgendwann mit eigenen Augen beobachtet. Womöglich zog er dem Kater aber auch das Fell ab, um sich warme Pantoffeln daraus zu machen, weil er immer kalte Füße hatte.

Ein Vampir könnte dort drüben hausen, eine Mumie oder ein Zombie. Alles Mögliche tauchte in den Geschichten auf. Vermutungen, Gerüchte und Geheimnisse, die nur hinter vorgehaltener Hand und flüsternd weitergegeben wurden. Und Anabel kannte sie alle. Wie jedes andere Kind in der Welt, die an den verwitterten Zaun grenzte. Also musste sie jetzt eine Entscheidung treffen.

Denn wenn nun das mit den Haustieren stimmte? Wenn der unheimliche Nachbar flauschige Pantoffeln wollte oder ihm der Sinn nach Katzengulasch stand? Dann hatte Oskar ein Problem. Das würde auch erklären, warum der dumme Kater überhaupt in dem Kellerfenster verschwunden war. Wenn sich dieser Pasternak tatsächlich von den Haustieren seiner Nachbarn ernährte, hatte er das Tier bestimmt mit einem Köder angelockt. Damit er wieder einmal einen schmackhaften Braten machen konnte oder eine große Schüssel Eintopf.

Und wenn Oskar ein Problem hatte, dann hatte auch Anabel eines. Wer wollte schon, dass seine Katze vom Nachbarn gefressen oder zu weichen Fellpantoffeln verarbeitet wurde? Also ging sie vor ihrem Fenster auf und ab und kaute an ihren Fingernägeln. So, wie sie das immer tat, wenn sie nervös war.

Anabel überlegte fieberhaft. Sollte sie die Polizei rufen? Den Tierschutzverein? Da müsste sie schon Beweise für die ungeheuerlichen Essensgelüste des Nachbarn vorlegen können. Hätte sie erst einmal diesen Beweis, nämlich Oskareintopf, wäre es allerdings zu spät.

Sie konnte natürlich zu ihren Eltern gehen, ihnen sagen, was passiert war. Doch was würde das bringen?

Ihre Mutter war ja von Anfang an gegen Oskar gewesen, weil Oskar ein Tier war und Tiere Dreck machten. Sie hatten Haare, die sie überall verloren. Auf Sofas, im Bett, auf Kleidung und im Pudding. Ihre Mutter würde bestimmt keine Hilfe sein. Da war sich Anabel sicher. Am Ende schickte sie diesem Pasternak noch ein raffiniertes Rezept für Gulasch. Gerade so, wie sich das unter guten Nachbarn gehörte.

Und ihr Vater? Ihm war es ja egal gewesen, ob eine Katze ins Haus kam oder nicht. Er nahm eigentlich kaum Notiz von Oskar. Wahrscheinlich würden ihre Eltern nicht einmal von ihrer Zeitung aufschauen. Die beiden ließen sich nur sehr ungern stören, vor allem nicht beim Zeitunglesen.

Da konnte Anabel sich langwierige Erklärungen gleich sparen. Sie musste wohl ihren gesamten Piratenmut zusammennehmen und selber zu diesem Pasternak hinübergehen. Einfach so. Gleich im Pyjama. Hinübergehen, anklopfen und hoffen, dass es Vampire und Zombies nur in Schauermärchen gab.

Schließlich raffte sie sich auf und schlich die Stufen hinunter; vorsichtig setzte sie einen Fuß vor den anderen. Auch das geringste Geräusch musste vermieden werden, damit ihre Mutter nicht aufwachte. Auf dieser Holztreppe war das keine einfache Aufgabe. Sie knarrte wie in einem alten Gruselfilm. Glücklicherweise wusste Anabel genau, wo sie ihre Füße aufsetzen musste, um den knorrigen Holzbrettern auch nicht das kleinste Ächzen zu entlocken.

Auf Zehenspitzen kam sie endlich unten an und trieb sich zur Eile an. Wenn sie nämlich Zeit hatte, über die ganze Sache nachzudenken, ließ sie es am Ende doch noch bleiben. Damit hätte ihre Mutter dann recht behalten. Anabel hatte ihre Stimme noch im Ohr: „Du bist neun“, hatte ihre Mutter gesagt. „Mit neun ist man noch nicht alt genug, um so eine große Verantwortung zu tragen und sich um ein Tier zu kümmern."

Also würde Anabel sich jetzt kümmern und die Verantwortung tragen. Komme, was da wolle. Was sie nämlich gar nicht leiden konnte, war der „Ich-habs-dir-ja-gesagt-Blick" ihrer Mutter. Dabei zog sie bedauernd die Augenbrauen hoch, obwohl sie gar nichts bedauerte, weil es einfach toll war, recht zu haben, wenn man selbst diejenige war, die recht hatte.

Anabel warf einen vorsichtigen Blick ins Wohnzimmer. Vielleicht war doch schon jemand aufgestanden? Die Luft war rein, also flitzte sie vorbei, durch die Küche und hinein in die Gummistiefel, die neuen grünen mit den Fröschen drauf.

Und weil man nicht mit leeren Händen bei jemandem ankommen konnte, der deine Katze fressen will, stibitzte sie kurzerhand die Salami ihres Vaters aus dem Kühlschrank. So eine Salami im Tausch für Oskars Leben war schließlich nur ein winziger Preis.

Ein kleiner Bruder ist um nichts besser als ein Kater

Anabel zögerte, als sie den Kühlschrank öffnete. Ihre Finger zitterten leicht. Bis jetzt hatte sie noch nie etwas an sich genommen, was ihr nicht gehörte. Andererseits – sie setzte ihre Augenklappe auf – musste sie als Piratin machen, was eine Piratin eben so machte. Es war dann ja gewissermaßen ihre Arbeit, Dinge an sich zu nehmen, die ihr gar nicht gehörten. Als Anabel die Kühlschranktür wieder schloss, fiel ihr die Salami vor Schreck beinahe aus der Hand. Sie zog die Augenklappe wieder vom Kopf und steckte sie in die Tasche zurück.

„Das ist Papas Wurst", stellte Jonas fest. Seine Stimme klang rau, in den Augenwinkeln klebte noch der Schlaf, die Haare standen wüst vom Kopf ab.

Das Mädchen seufzte. Sie seufzte oft, wenn es um ihren kleinen Bruder ging. Weil kleine Brüder manchmal eine regelrechte Plage waren. Erst hatte er nächtelang durchgeschrien, dann alles angefasst, was er in die Finger bekommen

OSKAR

hatte, und neuerdings lief er ständig hinter seiner großen Schwester her. Wenn sie gar nicht damit rechnete, stand er plötzlich da, als wäre er gerade aus dem Boden gewachsen.

„Ich weiß, dass es Papas Wurst ist", schnauzte Anabel ihn an.

„Was tust du damit?", fragte Jonas.

„Geht dich gar nichts an."

„Ach ja?"

„Ja", bekräftigte Anabel. „Geh wieder ins Bett!"

„Ich bin aber nicht müde", maulte der kleine Junge.

„Egal. Geh trotzdem ins Bett!"

„Nein!", erwiderte Jonas und stampfte mit dem Fuß auf.

„Doch!"

„Nein!"

Anabel schloss die Augen. Das konnte jetzt ewig so weitergehen. Sie wusste das. Jonas hörte genauso wenig auf sie wie Oskar.

Also gab sie auf. Als kluge Piratin wusste man, wann man den Rückzug antreten musste. Würde sie jetzt nicht nachgeben, würde der kleine Knirps zu heulen beginnen, die Eltern kämen angerannt und Oskar landete im Kochtopf. Vielleicht waren ja zwei Kinder besser als eines, dachte sie. Vier traurige Kinderaugen anstelle von zwei. Die konnten auch einen alten mürrischen Mann erweichen, der sich hinter Vorhängen verbarg.

„Na gut“, sagte Anabel, auch wenn ihre Stimme nicht danach klang, als wäre es tatsächlich gut. „Du kannst mitkommen“, erlaubte sie ihm.

„Wohin denn?“, wollte Jonas wissen.

„Zum Nachbarn“, sagte Anabel. „Aber du musst ganz leise sein.“

Jonas nickte eifrig.

„Ich verspreche es“, sagte er und hob die Hand zum Schwur.

Anabel presste die Lippen zusammen. Sie wusste, wie schnell der Schwur vergessen war, wenn irgendetwas dazwischenkam. Aber dieses Risiko musste sie eingehen. Für weitere Diskussionen fehlte ihr einfach die Zeit. Also trippelte Jonas hinter seiner großen Schwester her.

„Was willst du denn mit der Wurst?“, fragte er, während Anabel ihn in seine Gummistiefel stopfte.

Sie schob Jonas zur Tür hinaus und zeigte auf das Nachbarhaus.

„Oskar ist dort drin“, sagte sie.

„Na und?“

Oskar kroch ja praktisch überall hinein. Jonas verstand nicht, was daran so schlimm sein sollte.

„Also gut“, sagte Anabel. „Ich verrate dir ein Geheimnis.“ Die beiden Kinder standen schon vor dem Gartentor. Anabel schaute sich um. Dann beugte sie sich zu ihrem Bruder hinunter. „Der Pasternak isst Haustiere.“

Jonas kniff die Augen zusammen.

„Menschen essen keine Haustiere“, stellte er schließlich fest und verschränkte die Arme vor der Brust.

„Normale Menschen nicht“, sagte Anabel. „Aber Vampir-Serienmörder mit der ansteckenden Beulenpest schon.“

Jonas verstand kein Wort. Das war ihr gleich klar. Kein Wunder! Er war gerade einmal halb so alt wie sie. Der Knirps wusste ja praktisch gar nichts. Anabel hingegen war schon richtig weltgewandt. Sie wusste, wie viel sie zahlen musste, wenn sie 14 Rosen kaufte und eine davon 65 Cent kostete. Außerdem wusste sie, wo die Zugvögel im Winter hinzogen und dass der menschliche Körper 206 Knochen hatte. Der kleinste war dabei nur drei Millimeter lang, hieß Steigbügel und steckte im Ohr. Und dass man Vogel mit V schrieb und Feder mit F, wusste sie auch. Jonas hingegen wusste nicht einmal, dass man seiner großen Schwester nicht ständig auf die Nerven gehen durfte.

„Komm jetzt!“, sagte sie ohne weitere Erklärung und zog den kleinen Quälgeist hinter sich her. „Wir müssen Oskar auf jeden Fall schnell dort rausholen.“

Geduckt liefen die zwei über die Straße.

„Meinst du, wir sollen wirklich läuten?“, meinte Anabel, weil sie doch noch der Mut verließ, aber Jonas nickte eifrig. Für den Kleinen war das Ganze nur eine spannende Abwechslung.

Der Klingelknopf an Herrn Pasternaks Gartentor ließ sich allerdings nicht hineindrücken.

„Oje“, stöhnte Anabel. „Oje, oje.“

Sie versuchte es noch einmal, doch der Knopf steckte fest. Das konnte ein Zeichen sein. Ein Zeichen, dass sie besser wieder umdrehen, nach Hause gehen und sich die Decke über den Kopf ziehen sollten.

„Mach dir keine Sorgen! Wird schon gut gehen“, sagte sie mehr zu sich selbst als zu ihrem kleinen Bruder. Sie schluckte, drückte die Gartentür auf und ging auf das Haus zu, den kleinen Jonas fest an der Hand. So fest, dass der Junge zu jammern begann, bis Anabel ihren Griff etwas lockerte.

Wenn sie sich umdrehte, konnte sie vor lauter Bäumen und Gestrüpp das Gartentor kaum mehr sehen. Ebenso wenig ihr Zuhause, wo die Eltern noch friedlich schliefen, nichts ahnend, dass ihre Kinder nur noch ein paar Schritte von dem unheimlichen Nachbarn entfernt waren.

Dieser Pasternak hatte ein ganz schön großes Haus. Und jetzt, wo sie darauf zugingen, wurde es sogar immer größer. Als ob es sich vor ihnen aufplustern würde. Zehn Fenster allein auf der Seite zur Straße hin. Zehn Fenster, durch die der unheimliche Mann sie möglicherweise schon kommen sah. Zehn Fenster, aufgerissen wie gierige Augen.

Diesen Gedanken verscheuchte Anabel aber gleich wieder. Sie senkte den Kopf und stemmte sich Schritt für Schritt gegen den Unwillen weiterzugehen. Dabei stellte sie sich Oskar vor, wie er die kleine Aufziehmaus durchs Haus jagte. Oder wie er sich immer wieder genau dann auf ihren Schulheften niederließ, wenn sie absolut keine Lust hatte, die Hausaufgaben zu machen.

Als sie den Kopf wieder hob, standen sie vor dem Haus. Die Eingangstür hatte auch schon bessere Zeiten gesehen. An vielen Stellen blätterte der Lack ab. Irgendwann hatte sie wohl einmal einen grünen Anstrich gehabt. Jetzt schaute vor allem fasriges Holz heraus.

Anabel zögerte. Vielleicht schlief der gruselige alte Mann ja noch. Sie hatte schließlich keine Ahnung, wann gruselige alte Männer aufstanden. Im Grunde war es ja noch ziemlich früh, so früh, dass selbst die Sonne noch nicht richtig aufgestanden und die Welt noch ganz blass war.

Anabel klopfte trotzdem. So zaghaft, dass nicht mal sie selber es hören konnte. Also versuchte sie es ein weiteres Mal. Diesmal stärker. Dann wartete sie, stieg von einem Fuß auf den anderen, nervös und bibbernd. So früh am Morgen war es doch ziemlich kühl.

„Da hinein ist Oskar verschwunden", sagte sie und zeigte Jonas das kaputte Kellerfenster.

Dann klopfte sie ein weiteres Mal und legte das Ohr an die Tür.

„Ich hör nichts", sagte sie. „Und du?"

Doch Jonas antwortete nicht. Und als Anabel sich umdrehte, war ihr kleiner Bruder verschwunden. Oder beinahe. Sie sah gerade noch seine Füße aus dem Kellerfenster ragen. Der Rest von Jonas war schon im Inneren verschwunden. Anabel stürzte zwar gleich hin, doch alles, was sie zu fassen bekam, war ein Stiefel. Ein Stiefel ohne ihren Bruder darin nützte ihr allerdings gar nichts.

„Mist!", schimpfte sie und steckte den Kopf durch das Kellerfenster.

„Jonas!", rief sie. Leise und gedämpft natürlich, aber mit Nachdruck. „Komm sofort wieder her!"

Jonas gehorchte seiner großen Schwester jedoch nicht. Im Gegenteil: Sie hörte noch kurz seine sich entfernenden Schritte, dann nichts mehr, nur Stille. Das Haus hatte ihren kleinen Bruder verschluckt.

Anabel starrte verzweifelt in die Dunkelheit. Das würde ihren Eltern nicht gefallen. Ganz sicher nicht. Was kleine Brüder betraf, verstanden Eltern keinen Spaß. Man durfte ihnen die Haare nicht mit der Gartenschere schneiden, man durfte keine Käfer in ihr Müsli mischen und mit Wasserfarben blau anmalen durfte man sie auch nicht. Obwohl kleine Brüder in Blau einfach viel besser aussahen.

Anabel hatte es nur ein paar Wochen zuvor selbst ausprobiert und Jonas von oben bis unten blau angepinselt. Der neue Anstrich hatte ganz hervorragend zu ihm gepasst. Das wollten ihre Eltern allerdings nicht gelten lassen.

Wenn sie also keinen mordsmäßigen Ärger bekommen wollte, musste sie ihren Bruder aus diesem Haus holen. Danach griff sie sich noch den Kater und ihre Mission war erfüllt.

Also stand sie in dem verwilderten Garten vor dem alten Haus und suchte nach all ihrem Mut. Wie viel sie davon finden würde, konnte sie noch nicht sagen. In ihrem bisherigen Leben war besonderer Mut noch nicht erforderlich gewesen, wenn sie es recht bedachte.

Es war wohl mutig, mit der Geisterbahn zu fahren, mit all den Hexen, Monstern und Spinnen in ihren durchscheinenden Netzen, die von der Decke hingen. Es war wohl auch mutig, vom Dreimeterbrett zu springen, und bestimmt war es auch mutig, einen Riegel aus Insektenmehl zu verspeisen, auch wenn er weniger nach Speisegrille als vielmehr nach Karamell geschmeckt hatte. Obwohl sie im Grunde gar keine Ahnung hatte, wonach Grille schmeckte, vielleicht ja intensiv nach Karamell.

All das hatte Anabel schon gemacht. So gesehen war sie wohl ein mutiges Mädchen. Zur Sicherheit holte sie aber ihre Augenklappe heraus und streifte sie über. Nun war sie nicht nur ein mutiges Mädchen, sondern auch noch eine mutige Piratin. Und doppelt hält nun einmal besser.

Sie stand vor dem Fenster. Die Gerüchte über diesen Pasternak waren ja mit Sicherheit nichts weiter als Gerüchte, redete sie sich ein. Anstatt Vampir- Serienmörder konnte er Astronaut sein. Das wäre genauso gut möglich. Wenn man die meiste Zeit im All herumflog, bekamen einen die Nachbarn auch kaum zu Gesicht.

Statt Haustieresser konnte er auch einfach Kaninchenzüchter sein. Sein Haus wäre dann voller kleiner, flauschiger Tiere. Das würde das Verschwinden von Frau Schellings Liebling auch erklären. Der hatte womöglich eine neue Familie gefunden und lebte glücklich und zufrieden mit vielen anderen Kaninchen.

Vielleicht hatte Herr Pasternak sein Haus gar mit Zuckerwatte ausgekleidet, weil Zuckerwatte die großartigste Speise der Welt war. Wenn Anabel jetzt durch dieses Fenster kroch, musste sie sich nur bis zu ihrem kleinen Bruder durchfuttern und alles wäre gut.

So oder so ähnlich könnte es durchaus sein. Das eine war so wahrscheinlich wie das andere, und weil Jonas nun schon einmal da unten war, blieb ihr sowieso nichts anderes übrig, als ihn zu suchen. Tief in ihr drinnen wusste sie allerdings, dass es weder Zuckerwatte noch flauschige Kaninchen sein würden, die dort auf sie warteten.

Das hätte Anabel nicht erwartet

Es war bestimmt kein gutes Zeichen, wenn man in eine unbekannte Welt hineinkroch, anstatt sie aufrecht zu betreten. Doch Anabel blieb nichts anderes übrig. Sie musste ihrem kleinen Bruder hinterher, ihn finden, bevor Herr Pasternak es tat. Also zwängte sie sich durch das schmale Fenster, mit den Füßen voran, sodass sie nicht sehen konnte, was da unten auf sie wartete. Sie tauchte ein in die düstere Welt eines Fremden, von dem sie nichts wusste.

Nicht, ob er freundlich war oder unfreundlich, ob er sich über Besuch freute, ob er Kinder mochte oder auf den Tod nicht ausstehen konnte. Es war allerdings zu spät, um sich darüber Gedanken zu machen. Ihre Füße berührten den Boden. Sie atmete tief durch und drehte sich um.

Wie es sich für einen Keller gehörte, war es ziemlich dunkel, dunkler noch als in einem gewöhnlichen Keller eines gewöhnlichen Hauses. Nur vereinzelt zwängten sich magere Lichtstrahlen durch die entweder kaputten oder stark verschmutzten Kellerfenster. Die waren aber ohnehin so klein, dass Anabel kaum durchgepasst hatte.

Sogar den Bauch hatte sie sich aufgeschürft, so eng war die Öffnung gewesen. Weil es dort unten unglaublich still war, hatte sie allerdings keinen Mucks von sich gegeben, um keine Aufmerksamkeit auf sich zu ziehen. Sie biss also die Zähne zusammen und klopfte sich den Staub vom Schlafanzug. Dann stand sie in der klammen Finsternis und atmete tief ein.

„Jonas!", rief sie schließlich. Wieder sehr leise und unentschlossen.

Anabel bewegte sich nicht vom Fleck. Sie beugte sich ein wenig vor, aber ihre Beine wollten sich einfach nicht rühren, als wären sie magnetisch und der Boden aus Metall.

„Was, wenn dieser Pasternak schon hinter der nächsten Ecke lauert?", fragte sie sich und kaute auf ihrer Unterlippe herum.

Wenn sie bei dem zerbrochenen Fenster blieb, hörte sie vielleicht jemand, falls sie um Hilfe schreien musste. Tiefer in das Haus vorzudringen, war bestimmt keine gute Idee und verboten obendrein. Man durfte ohne Einladung nicht einfach bei Fremden durchs Haus laufen.

Anabel rief abwechselnd nach Jonas und Oskar. Sie wedelte sogar mit der Salami. Der Geruch konnte ja zumindest den verfressenen Kater anlocken, falls der noch frei herumrennen sollte. Aber keiner der beiden tauchte auf.

Sie wollte nicht vom Fenster weg, weil hier wenigstens noch ein bisschen Licht war, zumindest so viel, dass sie ihre Hand vor Augen erkennen konnte. Nur ein paar Meter vor ihr begann die Dunkelheit, zunächst nur in Form von Schatten, die sich aber bald ganz und gar in der Schwärze verloren. Auch wenn sie sich noch so sehr anstrengte, konnte sie nicht erkennen, was da vorne auf sie wartete. Also lauschte sie erst einmal. Doch da war nichts, nicht der geringste Laut. Es war so still, dass ihr beinahe die Ohren schrillten. Das einzige Geräusch, das sie wahrnahm, war das Rauschen des Blutes in ihrem Kopf.

Es roch ein wenig nach Erde, nach Mauerwerk und Dingen, alten Dingen, die Staub ansetzten, und nach Spinnweben. Auch wenn sie gar nicht wusste, wonach Spinnweben rochen oder ob die überhaupt irgendeinen Geruch hatten. Und doch spukte das Bild von vielen schmutzigen Spinnweben durch ihre Gedanken, wenn sie die Augen schloss. Spinnweben wie in Räumen oder Höhlen, wo seit Ewigkeiten kein Mensch mehr gewesen war.

Anabel blickte noch einmal zum Fenster hinauf und überlegte. Sie könnte einfach wieder hinausklettern, ihre Eltern holen und die Strafpredigt tapfer über sich ergehen lassen. Das wäre eine Möglichkeit. Nun war sie aber schon so weit gegangen, jetzt kehrte sie auf keinen Fall mehr um. Also atmete sie noch einmal tief durch und löste ihre schwerfälligen Beine von einem Boden, der zwar nicht aus Metall, dafür aber aus Stein bestand, so abgetreten und glatt, als würde er schon Jahrhunderte hier liegen.

„Hallo!", krächzte sie. Nichts. Nicht einmal ein verhaltenes Echo. Ihre Stimme war in der fremden Welt versickert.

Anabel schaute nach links und schließlich nach rechts. Sie rief immer leiser. Mehr als ein Hauchen kam kaum mehr aus ihrem Mund. Es antwortete aber ohnehin niemand. Der Raum schien winzig zu sein, vielleicht war er aber auch groß und nur unheimlich vollgestopft. Mit Kisten und Kartons bis an eine Decke, die Anabel bestenfalls erahnen konnte. Je mehr sich ihre Augen an die Dunkelheit gewöhnten, desto mehr Einzelheiten wölbten sich aus dem grauen Einerlei.

Entschlossen tastete sie sich voran. Links ging es bald nicht weiter. Also bog sie rechts ab und setzte ihren Weg fort, auch wenn sie jeder weitere Schritt ins Ungewisse große Überwindung kostete. An manchen Stellen schmiegte sich der Keller regelrecht an sie an, weich und samtig. Im nächsten Moment rempelte er Anabel rüde, stieß hart an ihre Schulter oder an den Knöchel. Bestimmt lag auf all dem Zeug eine dicke Staubschicht. Zumindest musste Anabel immer wieder niesen, weil es in ihrer Nase ständig kitzelte. Sie hielt sich die Nase zu, damit man sie nicht schon von Weitem hörte.

Dabei musste sie an Paul denken. Der Gedanke an die Welt da draußen beruhigte sie und lenkte sie ein wenig ab. Paul saß in der Klasse drei Reihen hinter ihr und musste immer wieder niesen, den ganzen Tag lang. Der Arme war nämlich allergisch auf Staub. Und Staub gab es in Räumen immer, auch wenn man ihn nicht sah, außer wenn Sonnenstrahlen durchs Fenster fielen. Schaute man dann genau hin, konnte man die unzähligen Staubkörnchen tanzen sehen.

Obwohl es ja eigentlich weniger der Staub war, der Pauls Nase zum Laufen brachte, als vielmehr die Hausstaubmilbe. Ein winzig kleines Wesen, so winzig, dass man es nur unter dem Mikroskop sehen konnte. Es ernährte sich von menschlichen Hautzellen, gedieh gar prächtig und bescherte dem geplagten Jungen eine rote Nase. Weil das Leben mitunter verschlungene Pfade einschlug und daher die Kleinsten oft den größten Ärger machten.

Anabel irrte schon die längste Zeit im Kreis herum. Als würde sie sich durch ein Labyrinth kämpfen. Aber auch in dem verschlungensten Labyrinth musste es einen Ausgang geben.

Sie blieb stehen und horchte noch einmal in die Finsternis. Vielleicht wimmerte Jonas ja in einer Ecke vor sich hin. Im Dunkeln fürchtete er sich nämlich. Wie oft Jonas schon nachts zu ihr ins Bett gekrochen war, konnte sie gar nicht zählen.

Noch einmal lauschte das Mädchen angestrengt. Sie konzentrierte sich, wie sonst nur beim Mathetest. Trotzdem hörte sie nichts, keinen Laut. Und das war doch ziemlich unheimlich.

Irgendwann stieß Anabel endlich an eine Treppe. Sie führte nach oben und oben war das Licht. Da musste sie nicht lang überlegen. Schnell stieg sie die Stufen hinauf. Vor der Tür hielt sie inne. Ob sie klopfen sollte? Weil es sich so gehörte, wenn man einen Raum betrat. Dann überlegte sie es sich anders. Im Haus war sie ja schließlich schon, das Klopfen konnte daran auch nichts mehr ändern. Außerdem wollte sie jetzt lieber keine Aufmerksamkeit auf sich ziehen. Sie wusste ja nicht, was mit Jonas und Oskar geschehen war.

Ganz sachte drückte Anabel die Klinke hinunter. Sie öffnete die Tür nur ein paar Millimeter. Nicht weit genug, um hinauszuschauen, aber weit genug, um zu horchen, ob sich irgendetwas jenseits dieser Tür regte. Doch so sehr

sie ihre Ohren auch spitzte, durch die schmale Öffnung drang nichts als Stille.

Anabel gab sich einen Ruck. Langsam schob sie die Tür auf und steckte ihren Kopf durch den Spalt. Sie schaute sich um und staunte. Das hätte sie nicht erwartet. Ihre Überraschung war so groß, dass sich die Härchen in ihrem Nacken aufstellten, ihre Augen ganz groß wurden und ihr Mund offen stand. Sie hatte so etwas noch nie gesehen und wusste nicht, ob sie es beeindruckend oder beängstigend finden sollte.

Alte Häuser konnten mitunter recht gruselig sein. Sie ächzten und stöhnten wie Lebewesen, Türen quietschten oder Fenster klemmten und es gab viele verborgene Winkel, in denen womöglich auch noch die Geister jener Menschen herumspukten, die einst darin gewohnt hatten. Im Moment konnte Anabel sich nicht entscheiden, welche dieser Möglichkeiten ihr lieber wäre.

Es dauerte eine Weile, bis sie sich einen Reim auf das machen konnte, was sich hier vor ihr auftat. Sie machte ein paar zaghafte Schritte. Lugte um die eine Ecke und um die andere und schließlich auch noch um eine dritte. Doch überall bot sich ihr dasselbe Bild, egal ob links, rechts oder geradeaus. In gewöhnlichen Häusern gab es Zimmer, zwischen den Zimmern gab es Flure. Dort standen Möbel herum, Kommoden mit selbst gehäkelten Deckchen und kleinen Vasen darauf, Tische, um die man herumrennen konnte, und Sofas und Stühle. Hier gab es nichts als schmale Gänge. Keine größeren Räume wie bei ihr zu Hause. Zumindest nicht, soweit sie das erkennen konnte. Alle möglichen Dinge stapelten sich scheinbar endlos übereinander. Manche akkurat und kerzengerade, andere windschief und krumm. Die Durchgänge dazwischen waren so schmal, dass sie bestimmt bald mit den Schultern an den Wänden streifen würde.

Langsam setzte sie einen Fuß vor den anderen. Ihr Mund stand immer noch offen. Das waren Stapel, die ihre Aufgabe ernst nahmen. Sie reichten vom Boden beinahe bis an die Decke, rückten an einigen Stellen so eng aneinander und pressten die Durchgänge mehr und mehr zusammen, dass selbst jemand so Schmächtiger wie Anabel kaum noch dazwischenpasste und fürchten musste, über kurz oder lang stecken zu bleiben. Außerdem bogen sie mal in die eine Richtung ab, mal in die andere, schlugen regelrechte Haken, sodass man niemals wissen konnte, was einen nur ein paar Meter weiter erwarten mochte. Das Haus war derart vollgestopft, dass man sich richtig hindurchwühlen musste. Wie eine große Höhle mit schmalen Schächten, von denen man nicht wusste, wohin sie einen führten. Oder ein Schweizer Käse mit einer Menge Löcher.

Hier gab es bestimmt eine Menge zu entdecken, dachte Anabel. Eine Piratin könnte so manchen verborgenen Schatz aufstöbern. Doch dafür war jetzt natürlich nicht die richtige Zeit. Sie hatte schließlich ihren Bruder zu finden, ihn aus den Fängen des bösen Zauberers, des Vampirs oder des Zombies zu befreien, bevor der ihn womöglich mitsamt ihrem Kater in den Kochtopf warf.

An einem Ende eines Gangs bemerkte sie schließlich ein Fenster, weit oben und unerreichbar. Das Glas war von einer dicken Staubschicht überzogen, aber dahinter – das wusste Anabel genau –, dahinter befanden sich die anderen Häuser der Siedlung. Das Haus der Grubers und das der Schellings und das ihrer Eltern. Bei dem Gedanken fühlte sie sich gleich nicht mehr so allein.

Anabel war von den aufeinandergestapelten Gegenständen so fasziniert, dass sie ganz vergessen hatte sich den Weg einzuprägen. Sie beschloss daher, schnell zu jener Tür zurückzugehen, durch die sie aus dem Keller heraufgekommen war. Von dort würde sie sich dann den Weg genau einprägen, damit sie zur Not auch wieder hinausfand. Sie lief zurück, schwenkte nach links und wieder nach links. Zu ihrem Erstaunen befand sich allerdings keine Tür dort, wo sie sie erwartet hatte. Also lief sie zurück zu dem staubigen Fenster, machte kehrt und bog diesmal zweimal rechts ab. Doch auch hier befand sich keine Tür, dabei hätte Anabel geschworen, dass sie genau so hereingekommen war. Als sie noch einmal kehrtmachte, um einen weiteren Versuch zu starten, fand sie auch das Fenster nicht mehr. Anabel bekam es mit der Angst zu tun.

Das ist bestimmt nur die Aufregung, beruhigte sie sich. Früher oder später würde sie unweigerlich wieder an der Tür vorbeikommen. Früher oder später *musste* sie wieder an der Tür vorbeikommen.

Mädchen mit Erdbeergeschmack

Es dauerte eine Weile, bis ihr die seltsamen Gänge nicht mehr so viel Angst einflößten. Zumindest war es hier nicht so dunkel wie unten, sagte sie sich. Hell war es zwar auch nicht gerade, eher dämmrig, aber man konnte alles klar erkennen. Anabel spähte in alle Richtungen, doch überall nur die gleichen engen Durchgänge. Sie würde einfach geradeaus gehen, beschloss sie, blickte sich noch einmal um, fasste sich ein Herz und marschierte los.

Als sie sich genauer umsah, stellte sie fest, dass es hier doch so etwas wie Möbel gab. Sie kam an einem Tisch und zwei Stühlen vorbei. Die waren allerdings nicht aus Holz, sondern aus übereinandergestapelten Büchern und Zeitungen. Eine Kommode aus alten Waschmittelkartons gab es auch.

Es war so still, als würden diese Wände aus aufeinandergestapelten Dingen jedes Geräusch verschlucken, so still, dass sie vor dem Knurren ihres eigenen Magens erschrak. Sie hätte etwas essen sollen, bevor sie in dieses Abenteuer aufgebrochen war. Ihr Magen schien sich verknotet zu haben und gab ganz jämmerliche Geräusche von sich.

Zu allem Überfluss stieg ihr auch noch der Duft der Salami in die Nase. Was wäre sie aber für eine Retterin, wenn sie das Tauschobjekt einfach aufessen würde? Seltsam war nur, dass sie eigentlich gar kein großer Fan von Salami war. Der Hunger war wohl doch der beste Koch, wie ihre Großmutter immer sagte. Da fand man dann allerhand toll, solange man nur etwas zwischen die Zähne bekam.

Vielleicht ging es diesem Herrn Pasternak ja auch so. Vor lauter Hunger fand er Katzen geradezu köstlich. Wäre es nicht ihr Oskar, der hier verspeist werden sollte, hätte Anabel beinahe Mitleid mit diesem geheimnisvollen Mann. Noch dazu, wo er in einem derart komischen Haus wohnte.

Anabels Blicke wanderten immer wieder nach oben und sie konnte sich nicht vorstellen, was für eine Art Mensch so etwas erschaffen sollte. Sie musste diesen geheimnisumwitterten Mann einfach dafür bewundern. Manche der Stapel waren durch schmale Brücken mit anderen verbunden oder sie neigten sich so gegeneinander, dass man von einem zum anderen gelangen konnte. Wie gerne würde sie einen der Stöße hinaufklettern, aber das kam natürlich nicht in Frage. Wenn er einstürzte, gäbe es einen Mordslärm, und sie wäre verraten.

Anabel trat näher an einen Zeitschriftenstapel heran und ging in die Knie. 1/1969 stand am Rücken der untersten Zeitschrift, dann 2/1969, 3/1969 bis 12/1969. Dann folgte 1/1970 und immer so weiter. Eine Zeitschrift nach der anderen, fein säuberlich aufgetürmt. Sie streckte sich. 7/1986 war der letzte Band, an dem sie die Zählung noch lesen konnte. Dann waren aber noch gute eineinhalb Meter übrig.

Weit über zwanzig Jahre hatte dieser Mann die Zeitschrift gesammelt und hier abgelegt. Anabel kamen ihre Pferdehefte in den Sinn. Innerhalb kürzester Zeit waren sie vollkommen zerfleddert. Sie aufzubewahren hätte sich da nicht gelohnt.

In der Welt, in der Anabel lebte, herrschten andere Regeln. Sie musste sich von Plüschtieren trennen oder von Spielen, mit denen sie länger nicht mehr gespielt hatte. Weil sie nun einmal nicht in einem Schloss wohnten, wie ihre Mutter oft sagte. Und wer nicht in einem Schloss wohnte, hatte eben keinen Süd- oder Ostflügel, die mit lauter unnützem Zeug gefüllt werden konnten. Also musste man Dinge loslassen, die man nicht mehr brauchte. Was Anabel nicht mehr brauchte, entschieden natürlich auch ihre Eltern. Ihr Vater zuckte nur mit den Schultern. „Ist doch nur Kram“, sagte er dann.

Ihre Eltern würden diesen Herrn Pasternak bestimmt zum Arzt schicken, wenn sie das hier sehen könnten. Denn normal war dieses Horten und Aufeinandertürmen nicht, so viel war Anabel klar.

Sie selbst war jedoch ein wenig neidisch. Wie schön wäre es wohl, alles, was man je besaß, zu behalten, um eine ganze Welt daraus zu bauen. Unter anderen Umständen wäre das Pasternak-Haus ein Traumhaus voller Krimskrams, geheimnisumwitterter Höhlen und Klettertürme. Nur, dass es leider von einem bösen Monster bewohnt wurde, und von dem durfte man sich nicht erwischen lassen.

Anabel streifte durch die Gänge und es wurde immer unheimlicher. Sie lief und lief, eine ganze Weile schon, und kam doch irgendwie zu keinem Ende. Oder zu einem Anfang. Oder sonst irgendwohin. Das war schon beunruhigend. Von außen sah das Haus nämlich gar nicht so groß aus.

Vielleicht lebte hier doch ein Geist, weil sie sich beim besten Willen nicht vorstellen konnte, dass all diese Stapel, Türme und kunstvollen Wände das Werk eines Menschen waren. Andererseits konnte sie sich auch nicht erklären, warum ein Geist so etwas tun sollte. Möglicherweise ein Fluch, der einen ehemaligen Bewohner dazu verdammt hatte, bis in alle Ewigkeit Sachen zu ordnen und zu sortieren.

Als Nächstes fiel ihr der Geruch auf. Anabel schnupperte und schnupperte. Es roch auch hier oben nach Mauerwerk und leicht erdig. Das kam ihr seltsam vor, weil es in Häusern eigentlich ganz anders roch. Nach Möbelpolitur, Blumen, Waschmittel, Parfum, nach Äpfeln oder frisch gebackenem Kuchen. Bei ihrer Großmutter duftete es besonders stark nach Lavendel, weil überall Sträußchen davon herumhingen. Nur hier roch es in erster Linie nach Erde und Mauerwerk. Gerade so, als wäre das Haus schon lange verlassen.

Ob das möglich wäre? Hatte den mysteriösen Herrn Pasternak niemand je gesehen, weil es ihn am Ende vielleicht gar nicht gab? Anabel schüttelte den Kopf. Das wäre ja vollkommen lächerlich. Sie stand schließlich inmitten des Beweises, stand da und drehte sich im Kreis. Jemand legte hier ein regelrechtes Labyrinth von Dingen an.

Der Bewohner war hier irgendwo, versteckte sich womöglich und lauerte ihr auf. Wie er das wahrscheinlich schon vorher mit Oskar und Jonas gemacht hatte. Wenn er Anabel endlich erwischte, würde er sie auch einsperren. In einem Käfig vielleicht, und ehe der Tag um war, landete sie im Kochtopf.

Am Ende aß dieser Mann ja nicht nur Haustiere, sondern obendrein noch Kinder. Junge Hühner sollten ja auch viel besser schmecken als alte. Zäh, wie die waren, taugten sie nur mehr für die Suppe. Kinder waren mit Sicherheit besonders saftig.

„Bestimmt schmecke ich ganz ausgezeichnet“, dachte Anabel. Zart, mit einer feinen Erdbeernote.

Sie schluckte. Wenn sie heil aus der ganzen Sache herauskam – das schwor sie feierlich –, wurde ihr Erdbeershampoo umgehend entsorgt. Schluss mit den Kindereien! Das war ja so, als würde man sich selber würzen.

Beim nächsten Turm stieß Anabel auf eine Lücke. Vielleicht ein mal ein Meter groß. Man konnte hindurchschauen und auch hindurchkriechen, wenn man wollte. Platz wäre genug gewesen. Vorausgesetzt, diese Stapeltürme waren stabil. Wenn alles über Anabel zusammenbrach, erstickte sie jämmerlich. Das waren nicht gerade rosige Aussichten.

Anabel tippte zur Überprüfung der Stabilität mit zwei Fingern gegen den Turm. Vorsorglich zog sie den Kopf ein. Nur für den Fall, dass sie das Gleichgewicht empfindlich gestört hatte und alles ins Wanken geriet. Doch nichts rührte sich, keinen Millimeter, und auch nicht das zaghafteste Zittern ging durch den Turm.

Anabel startete einen weiteren, beherzteren Versuch. Mit einer Hand drückte sie, so fest sie konnte, dann mit beiden Händen. Die Augen hielt sie dabei fest geschlossen und die Lippen waren hart zusammengepresst. Am Schluss stemmte sie sich mit ihrem ganzen Gewicht dagegen. Sie ächzte, der Turm jedoch kein bisschen. Also riskierte sie es. Die Salami verstaute sie im Bund ihrer Pyjamahose, damit sie die Hände zum Kriechen frei hatte.

Auf allen vieren verschwand Anabel langsam in der Öffnung. Mittendrin stoppte sie und schnupperte. Wie ein Tier, das Witterung aufnahm. Da war plötzlich dieser Geruch. Erst hatte es nach Mauern und Erde gerochen, nicht nach Kuchen, nicht nach Kaffee oder nach getoastetem

Brot, wie es für diese Tageszeit nicht ungewöhnlich gewesen wäre, und dann das. Den Duft würde sie überall erkennen. Das aufdringlich süße Dino-Shampoo ihres kleinen Bruders. Es hatte sich hier in den Ritzen festgesetzt, klar und deutlich. Also war Jonas ebenfalls da durchgekrochen.

Anabels Herz klopfte bis zum Hals. Diese erste Spur ließ sie ihre Schuldgefühle kurz vergessen, dass Jonas jetzt allein hier herumirrte. Sie hätte ihn nicht mitnehmen dürfen.

„Jonas!", flüsterte sie und kroch schnell auf die andere Seite. Sie steckte den Kopf aus der Öffnung. „Jooonaas!", versuchte sie es noch einmal.

Ihr kleiner Bruder antwortete aber nicht. Und Anabel schluckte die Enttäuschung darüber hinunter.

Vorsichtig stieg sie aus dem Tunnel. Kartons, Kisten und Ordner, wohin das Auge reichte. Auf der anderen Seite waren manche davon stufig übereinandergeschichtet. Anabel konnte nicht widerstehen. Sie kletterte nach oben, überquerte eine Brücke aus ineinandergehakten Gartenstühlen, kroch durch einen schmalen Tunnel und steckte schließlich vorsichtig den Kopf aus der nächsten Öffnung. Sie erschrak, weil es ziemlich tief hinunterging. Tief genug, um sich alle Knochen zu brechen, wenn man abstürzte.

Anabel wollte schon kehrtmachen, da wurde sie von einem leisen Klimpern abgelenkt. Sie steckte den Kopf

wieder aus der Öffnung und erschrak fast zu Tode. Sie hatte keine Ahnung, was sie da vor sich hatte. Es musste wohl so etwas wie ein Staubwedel sein. Ein Staubwedel, der eigenständig seine Arbeit verrichtete. Er hatte lange Beine und Arme, mit deren Hilfe er auf und ab kletterte, und einen wuscheligen Kopf, mit dem er unermüdlich Staub wischte.

Anabel beobachtete das Ding so fasziniert, dass sie gar nicht bemerkte, wie sich der Staubwedel immer näher an sie heranarbeitete. Bis er schließlich bei ihrer Öffnung anlangte und innehielt. Anabel erstarrte. Dann ging wieder ein leises Klimpern durch das Ding, es beugte seinen Wedel leicht nach vorne und schnupperte an Anabel, die stocksteif verharrte. Als sie von allen Seiten ausgiebig beschnuppert worden war, begann sie der Wedel gründlich abzustauben. Das kitzelte unheimlich in der Nase, doch an Niesen war jetzt nicht zu denken. Sie musste so tun, als wäre sie eine alte Puppe. Geduldig wartete Anabel, bis sie fertig abgestaubt war, und das Wedelding weiterzog. Dann kroch sie schnell in den Tunnel zurück und atmete erst einmal tief durch.

Als sie sich wieder ein wenig beruhigt hatte, kletterte sie bei der nächsten Öffnung hinaus.

Ein böser Blick und knochige Finger

„Jonas!“, versuchte Anabel es wieder, etwas lauter als bisher und auch etwas mutiger. Sie musste ihren kleinen Bruder einfach so schnell wie möglich finden. Um diese Uhrzeit bestand schließlich die winzige Chance, dass dieser Herr Pasternak noch schlief. Irgendwo in einem entfernten Winkel des Hauses, so weit entfernt, dass ihre Stimme nicht bis dahin drang.

Anabel lauschte und endlich hörte sie etwas. Was für eine Erleichterung. Diese Stille war so gespenstisch gewesen. Jetzt wurde sie von einer Art Schlurfen unterbrochen. Das musste Jonas sein. Er war ja nur mit einem Gummistiefel unterwegs, der zweite stand noch vor dem Kellerfenster. Bestimmt hatte der Kleine den verbliebenen noch an. Ihre Eltern mochten es nämlich gar nicht, wenn Anabel oder Jonas ihre Sachen verloren. Zweifellos hütete er den Stiefel wie seinen Augapfel.

Das Geräusch kam von rechts. Anabel war ganz nervös. Ihre Hände fühlten sich verschwitzt an und sie wischte sie an der Schlafanzughose ab. Sicher bog Jonas gleich grinsend um die Ecke. Bestimmt. Wie gebannt verharrte sie und wartete.

Lauter Einmachgläser stapelten sich um sie herum. Also gab es hier drin doch etwas zu essen. Das beruhigte sie ein wenig. Vielleicht war der Mann ja gar nicht dazu gezwungen, sich von den Haustieren seiner Nachbarn zu ernähren. Sie betrachtete die Gläser genauer. Eingelegte Gurken, eingelegte Tomaten, eingelegte Birnen und ... Sie trat näher heran und schüttelte den Kopf. Das waren eindeutig eingelegte Käsesemmeln. So etwas hatte Anabel noch nie gesehen. Ihr Magen knurrte wieder jämmerlich.

Das Mädchen war ganz versunken in den Anblick und bemerkte gar nicht, dass es plötzlich wieder ganz still geworden war. Kein Schlurfen war mehr zu vernehmen und auch sonst kein Laut. Deshalb erschrak sie furchtbar, als sie nach oben blickte. Da sah sie ihn und vergaß ihre gute Erziehung. Sie vergaß zu grüßen, vergaß zu lächeln, vergaß zu atmen und die Augen nicht aufzureißen.

Der Mann war blass. Seine beinahe durchscheinende Haut spannte sich über einen haarlosen Schädel. Wie eines dieser Tierchen, die nur in Höhlen lebten und nie Sonnenlicht auf der Haut spürten. Grottenolme oder Axolotl. Sie konnte die blauen Äderchen durch die Haut schimmern sehen. Seine Nase war spitz, der Mund schmal und verkniffen. Vielleicht war er aber auch so blass, weil er doch ein Vampir war, nur nachts herumstreifte und die Tage

MISC

in seinem Sarg verbrachte. Anabel schauderte. Zumindest Pusteln oder gar Beulen konnte sie keine entdecken.

Das Schlimmste aber war, dass er von oben auf sie herabschaute. Sein Kopf ragte über die Wände. Er musste ein Riese sein, um bis an die Decke zu reichen. Um über diese Wände schauen zu können, mussten mindestens zwei große Menschen übereinanderstehen, wenn nicht sogar drei.

Weder der Mann noch Anabel rührten sich. Der eine starrte die andere an, bewegungslos, beinahe atemlos, als könnte auch nur das kleinste Muskelzucken irgendetwas Schlimmes auslösen.

Anabel fühlte sich ertappt, weil sie durch sein Haus schlich, als würde sie nichts Gutes im Schilde führen. Sie lief rot an, wollte hinaufrufen, sich entschuldigen, erklären, was sie hier drin suchte, doch sie brachte keinen Ton heraus.

Seine wässrigen Augen weiteten sich und nahmen sie ins Visier. So viel konnte Anabel von hier unten erkennen und sie starrte hinauf, unfähig, sich zu rühren. Dann schien ein Ruck durch den alten Mann zu gehen und plötzlich bewegte er sich die Wand entlang. So schnell, als würde der Kopf an einer Schnur gezogen. Das Klacken der Beine jagte ihr einen Schauer über den Rücken, vor allem weil Beine für gewöhnlich nicht klackten. Doch es war eindeutig ein Klacken und es hörte sich schaurig an.

Im nächsten Moment tauchte das erste Bein auf. Lang und hölzern schob es sich aus dem Durchgang. Blitzschnell wurde das zweite nachgezogen und dann endlich konnte Anabel erkennen, was es damit auf sich hatte. Phileas Pasternak thronte auf einer hölzernen Stehleiter und schaute Anabel böse an. So böse, dass ihr ganz heiß davon wurde. Jetzt streckte er noch die Hand aus und zeigte mit dem Finger auf sie. Das war zu viel für Anabel. Sie stieß einen spitzen Schrei aus und stürmte davon. Kopflos, ziellos. Nur weg von dem Mann mit dem bösen Blick und dem langen, knochigen Finger. Gleich nach links um die Ecke. Vorbei an kunstvoll aufgetürmten Blumentöpfen. Bunte Gießkannen waren anschließend so geschickt ineinandergestapelt, dass Anabel beinahe abbremste.

Immer wenn sie sich umwandte, war er wieder ein Stück näher gekommen. Der Mann bewegte sich mit dieser Leiter schneller, als sie sich das vorstellen konnte, seitlich laufend wie ein Krebs.

Nach den Werkzeugkästen bog sie rechts ab und im nächsten Moment stand Anabel an einer Kreuzung. In der Mitte waren unzählige, zu einer Pyramide aufgetürmte Farbdosen. Vor lauter Schreck und weil dieses Sammelsurium an Dingen so fürchterlich verwirrend war, hatte Anabel die Orientierung verloren.

Sie warf wieder einen Blick zurück. Ihr Verfolger näherte sich mit Riesenschritten. Gleich würde er über ihr sein.

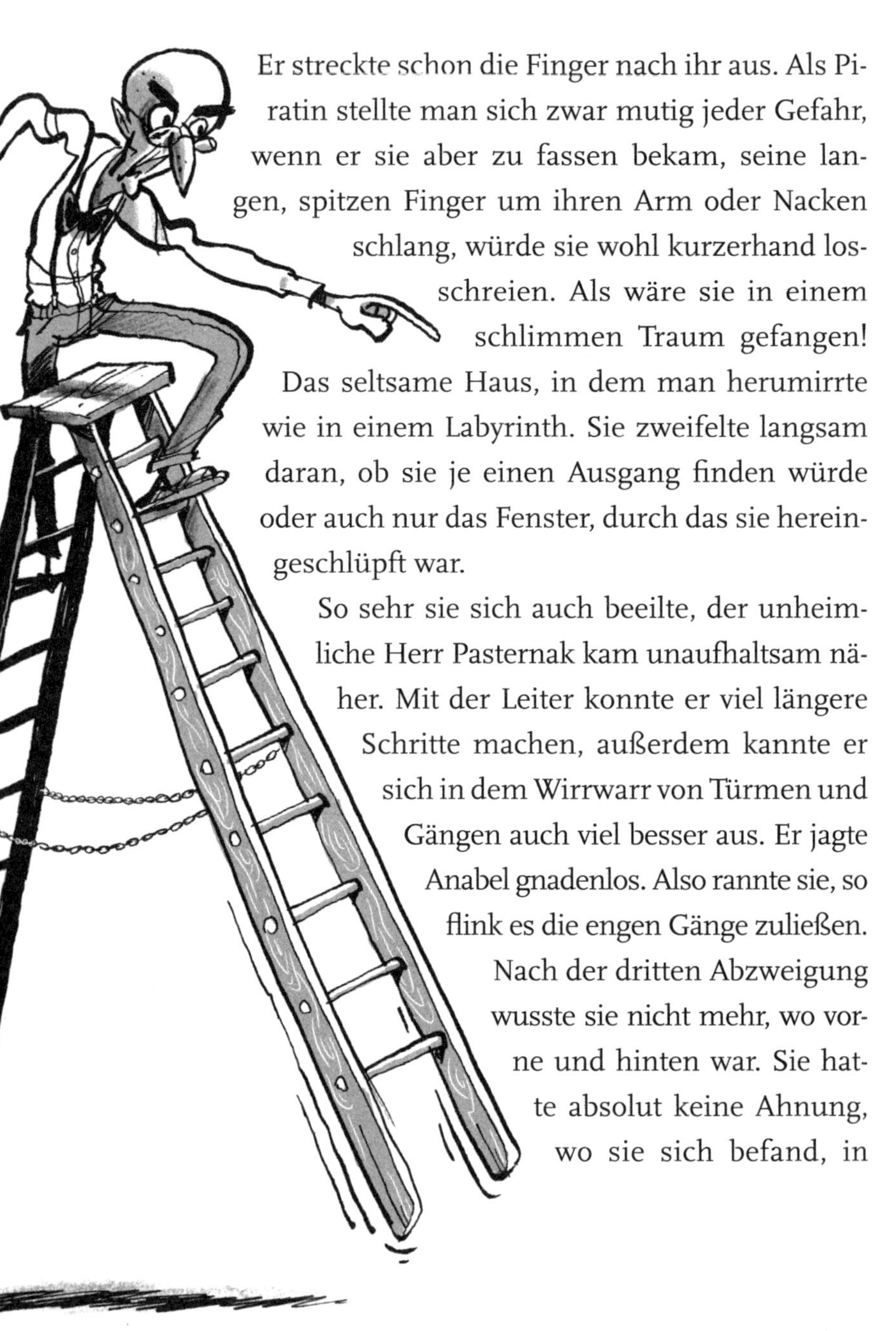

Er streckte schon die Finger nach ihr aus. Als Piratin stellte man sich zwar mutig jeder Gefahr, wenn er sie aber zu fassen bekam, seine langen, spitzen Finger um ihren Arm oder Nacken schlang, würde sie wohl kurzerhand losschreien. Als wäre sie in einem schlimmen Traum gefangen! Das seltsame Haus, in dem man herumirrte wie in einem Labyrinth. Sie zweifelte langsam daran, ob sie je einen Ausgang finden würde oder auch nur das Fenster, durch das sie hereingeschlüpft war.

So sehr sie sich auch beeilte, der unheimliche Herr Pasternak kam unaufhaltsam näher. Mit der Leiter konnte er viel längere Schritte machen, außerdem kannte er sich in dem Wirrwarr von Türmen und Gängen auch viel besser aus. Er jagte Anabel gnadenlos. Also rannte sie, so flink es die engen Gänge zuließen. Nach der dritten Abzweigung wusste sie nicht mehr, wo vorne und hinten war. Sie hatte absolut keine Ahnung, wo sie sich befand, in welcher Richtung die Kellertür lag, durch die sie hereingekommen war, von der Haustür ganz zu schweigen. Wenn sie jemand fragen würde, hinter welcher dieser vielen Wände ihr Elternhaus lag, würde sie wahrscheinlich in Tränen ausbrechen. Und das, obwohl sie ja eigentlich keine Heulsuse war. Doch in diesem Augenblick, umgeben von verschachtelten Wegen, die nirgendwohin führten, von undurchdringbaren Wänden und wuchernden Pflanzen, von Luft, die so stickig war, dass man sie schneiden hätte können, in diesem Augenblick fühlte sie sich so auf sich gestellt wie noch nie zuvor in ihrem Leben.

Und schließlich fing Phileas Pasternak das schnaufende Mädchen. Sie konnte nichts dagegen machen. Ein Bein der Leiter war plötzlich über ihr, und ehe sie sichs versah, krachte es schon mit einem lauten Wumms vor ihr auf den Boden. Ein Leiterbein vor ihr, eines hinter ihr und neben ihr die Wände.

„Hab ich dich!“, triumphierte Phileas Pasternak und spähte zu seinem Fang hinunter.

Anabels Herz klopfte so stark, dass sie meinte, es müsste zerspringen.

„Jonas!“, rief Anabel aus vollem Halse.

Eine Expedition in fremde Welten! So etwas hatte sie sich doch immer gewünscht. Schätze finden, Abenteuer erleben.

Und nun, da es so weit war, erschien ihr das Abenteuer zu abenteuerlich, als dass sie es durchstehen könnte, und sie wurde plötzlich ganz ängstlich. Fremde Welten hatten bestimmt ihren Reiz, wenn sie weit weg waren. Irrte man allerdings mittendrin herum, wünschte man sich nichts sehnlicher, als in seiner vertrauten Welt zu sein. Und obwohl sie sich ganz nahe an ihrem Zuhause befand, hätte diese Welt nicht fremder und furchteinflößender sein können. Die Türme, Stapel und Wände konnten genauso gut ein undurchdringlicher Urwald sein. Mit Ruinen aus Konservendosen anstelle von Steinen und Türmen aus Zeitungen anstelle von Bäumen. Hinter jeder Ecke konnte eine Gefahr lauern. Giftige Tiere, Spinnen, Schlangen, Skorpione oder angriffslustige Eingeborene, die es gar nicht mochten, wenn man in ihr Zuhause eindrang. Und jetzt war Anabel entdeckt worden, bevor sie auch nur eine einzige weitere Spur von Jonas oder Oskar gefunden hatte.

Sie blickte zur Ecke, wo eine beeindruckende Dosenpyramide stand, und wieder nach oben. Der Mann starrte sie immer noch an und sie saß wie ein Kaninchen in der Falle. Da tat sich wie durch ein Wunder wieder eine Öffnung in der Wand auf. Zumindest hatte Anabel sie vorher nicht bemerkt.

Sie überlegte nicht lange. Der Mann zog die Leiter immer enger zusammen, bald wäre sie eingeklemmt, und dann gab es kein Entkommen mehr. Anabel nahm all ihren Mut zusammen, holte tief Luft und schlüpfte in das dunkle Loch vor ihr.

Sie krabbelte so gehetzt, dass sie sich immer wieder die Knie und den Kopf stieß. Die Salami störte sie schon die längste Zeit und sie musste gut aufpassen, dass sie ihr Pfand nicht doch noch irgendwo verlor. Sie hatte es so eilig, dass sie nicht gleich bemerkte, wie es immer dunkler wurde, und schließlich, als die Umgebung schon richtig düster war, blickte sie auf. Vor ihr lag keine Öffnung mehr. Sie musste wohl irgendwo abgebogen und in einer Sackgasse gelandet sein.

Anabel schnappte nach Luft, die mit einem Mal ganz knapp geworden zu sein schien, knapp und abgestanden. Sie war am Ende dieses Tunnels und konnte es nicht fassen. Wozu legte der Mann einen Durchgang an, wenn der dann nirgendwohin führte? Sie lehnte sich an die Wand, keuchte und überlegte. Hier konnte sie natürlich nicht bleiben, auch wenn sie sich am liebsten wie eine Katze zusammengerollt hätte. Sie sah es vor sich, wie sie dalag, nicht mehr als ein kleines Bündel Mensch zwischen all den Dingen, als hätte sie jemand hier vergraben. Irgendwann wären nur noch ihre blanken Knochen übrig. Sie schüttelte den Gedanken ab. So schnell gab sie nicht auf.

Anabel war schon auf halbem Weg zurück, da tauchte Phileas Pasternaks Gesicht auf. Von der anderen Seite blickte er ihr entgegen. Von der Öffnung, durch die sie hereingekommen war. Dieser Weg war ihr also versperrt. Der Mann machte nicht den Eindruck, als würde er sie einfach wieder hinauslassen.

„Komm!“, sagte er. „Komm heraus!“ Er versuchte ruhig zu klingen, doch seine Stimme zitterte.

Anabel drückte sich noch weiter in den Winkel. Entsetzt beobachtete sie, wie der Mann sich langsam, aber sicher in die Öffnung zwängte. Seine langen Beine brachte er dabei kaum unter. Sie stießen überall an und spießten sich.

Anabel wollte am liebsten losheulen wie ein Baby. Ein paar Meter nur noch, dann war er bei ihr. Sie saß in der Falle und konnte nur warten, bis er nah genug herangekommen war und sie zu packen bekam. Sie spürte seine knochigen Finger schon an ihrem Schienbein, obwohl er noch zu weit entfernt war, um tatsächlich nach ihr zu greifen.

Dann hörte sie es. Erst leise, dann lauter. Herr Pasternak schien es auch zu hören. Er hielt inne, legte den Kopf schief und horchte.

Da war es schon wieder. Gedämpft und kaum hörbar drang es aus der Wand. Deutlicher als zuvor. Zweifellos ein Miauen. Oskar! Das musste der Kater sein, der ihr das alles hier eingebrockt hatte.

Oskar maunzte wieder. Direkt neben ihr, kam es Anabel vor. Die Katze klang so nah, als würde sie unmittelbar neben ihr hocken.

„Oskar?“ Anabels Stimme war kaum mehr als ein Wispern. Doch Oskar hörte sie. Er antwortete mit einem lauten Miauen und kratzte am Karton. Rechts von ihr musste er sein, irgendwo jenseits der Pappwand. Er kratzte noch einmal und die Wand bewegte sich. Anabel hatte es genau gesehen. Natürlich war es stickig und düster hier drin. Ihre Sinne spielten ihr womöglich einen Streich. Aber sie hatte ja nichts zu verlieren. Sie drückte gegen den Karton und er klappte auf.

Der beste Kater der Welt und eine Allee

Anabel wollte fast losjubeln. Die Wand gab tatsächlich nach. Da überlegte sie nicht lange und zwängte sich in diese neue Öffnung. Vielleicht führte sie ja in die Freiheit.

Kaum war sie durchgekrochen, fiel die Kartonklappe wieder zu. Anabel schaute auf und da war er. Oskar! Unbeteiligt, beinahe gelangweilt saß er vor ihr, putzte sich die Pfoten und würdigte seine Freundin keines Blickes. Sie stürzte sich auf ihn.

„Oskar!", jauchzte sie. „Da bist du ja!" Sie drückte ihren Kater an sich und er ließ es über sich ergehen. Mit zitternden Schnurrhaaren und angelegten Ohren. Darauf konnte Anabel jetzt aber keine Rücksicht nehmen.

„Du hast mich gerettet“, lobte sie Oskar und drückte ihn noch fester. „Ohne dich hätte mich der böse Mann bestimmt erwischt.“

Oskar schien das nicht im Geringsten zu interessieren. Er stemmte die Vorderpfoten gegen ihren Oberkörper und drehte den Kopf so weit von Anabel weg, wie es ihm möglich war.

„Du bist doch der beste Kater der Welt!“ Sie vergrub ihre Nase in sein weiches Fell. „Und der schlimmste“, fügte sie hinzu und hielt Oskar auf Armlänge von sich weg. „Sich einfach hier hereinzustehlen. Wie dumm muss man da sein?“

Oskar ließ alles hängen und fügte sich in sein Schicksal. Doch sobald Anabel nur ein bisschen locker ließ, drehte er sich um seine eigene Achse und entwand sich ihrem Griff. Einen Kater konnte man nun einmal nicht so mir nichts, dir nichts festhalten. Nicht, wenn er keine Lust dazu hatte.

„Oskar!“

Anabel griff reflexartig nach. Doch sie erwischte ihn nicht mehr. Das Letzte, was sie sah, war sein rot getigerter Schwanz, der ein paar Meter weiter um die Ecke verschwand.

Zumindest wusste sie jetzt, wo es langging, und beeilte sich, dem Kater zu folgen. Je eher sie aus diesem engen Höhlensystem draußen war, desto besser. Sonst erstickte sie am Ende noch hier drinnen.

Die Gänge wurden auch immer enger und das Gefühl, allmählich zerquetscht zu werden, immer stärker. Ihre Schultern streiften an den Seiten an. Vielleicht wurde es tatsächlich enger und sie bildete sich das Ganze doch nicht nur ein.

Vorne sah sie schon den Ausgang. Oskar hockte davor und sprang schließlich hinaus. Anabel hetzte darauf zu. Da schob sich ein Karton in den Weg. Keine zwei Meter vor ihr. Sackgasse! Schon wieder. Links ging es weiter. Ohne nachzudenken, kroch sie los.

Sie irrte in dem Labyrinth herum. Es gab sogar Stufen. Stufen aus gestapelten Kisten. Hinauf ging es und wieder hinunter. Anabel verfiel langsam in Panik. Beim nächsten Ende schlug sie wie wild gegen die Seiten. Ein Karton gab nach. Licht! Nur ein paar Meter bis zum nächsten Ausgang. Wenn ihr dieser Pasternak wieder den Weg abschnitt, würde sie kreischen und einfach nicht mehr aufhören. Doch diesmal erreichte sie das Ende. Luft! Endlich. Anabel atmete tief ein. Sie war höher oben, als sie gedacht hatte, und musste hinunterspringen. Zwei Meter mindestens. Doch das schaffte sie. Abfedern war das Wichtigste. Sonst verstauchte sie sich noch den Knöchel und dann saß sie erst recht in der Falle.

Links und rechts sah sie niemanden. Die Luft war rein, also schloss sie die Augen und sprang. Die Landung war hart, aber Anabels Knöchel blieben heil. Sie schlich bis zur nächsten Ecke. Vorsichtig spähte sie den Gang entlang. Und tauchte sofort wieder ab. Der unheimliche Mann lauerte neben einer Öffnung. Zum Glück saß er mit dem

Rücken zu Anabel und hatte sie nicht bemerkt. Bestimmt wartete er darauf, dass sie dort ihren Kopf hinausstreckte. Sie zitterte vor Erleichterung, dass sie den richtigen Ausstieg erwischt hatte.

Auf Zehenspitzen machte sie sich davon. Erst einmal ordentlich Abstand zwischen sich und diesen Phileas Pasternak bringen. Sie lief und lief und plötzlich war er vor ihr. Immer noch an derselben Stelle. Es war Anabel, die sich auf der anderen Seite befand. Der Mann lauerte ihr immer noch auf.

Sie blieb sofort stehen und wartete, ob er sie nicht doch noch bemerkte. Sie wagte nicht zu atmen, so erschrocken war sie. Offenbar war sie im Kreis gelaufen. Wie konnte er sonst plötzlich vor ihr sein?

Sie musste wieder zurück und die nächste Abzweigung in die andere Richtung nehmen.

Als sie sich umsah, kam sie aus dem Staunen nicht heraus. Wo war sie hier bloß gelandet? Vor ihr standen Bäume. Echte, lebendige Bäume. So hoch und ausladend, dass ihre Äste an einigen Stellen schon gegen die Wände drückten. Anabel strich über die Rinde. Schrundig und holzig. Die Stämme wuchsen aus dem Boden. Bestimmt steckten sie in großen Töpfen. Oder sie kamen von tief unten, direkt aus der Erde.

Anabel schwirrte der Kopf. Ein Wald in einem Haus! So etwas gab es doch nicht. Ein Haus in einem Wald schon, aber umgekehrt? Unmöglich! Also musste es eine Erklärung für all das hier geben. Vielleicht war es ein besonders weitläufiger Wintergarten. Oder ein Gewächshaus. So etwas gab es durchaus. Vielleicht hatte dieser Pasternak ja einen außergewöhnlich grünen Daumen. Was immer er anfasste, wucherte und spross.

Dass der Mann ständig hinter einem anderen Baum hervorschaute, trug nicht zu Anabels Beruhigung bei. Als würde er nur mit den Fingern schnippen und sich in Luft auflösen, um woanders wieder aufzutauchen. Aber auch das war unmöglich. Anabel glaubte nicht an Zauberei, nicht an Hexen oder Feen. Sie suchte nach einer vernünftigen Erklärung und fand sie auch. Der Mann kannte sich in seinem Reich eben aus, wusste, wie er schnell von einem Ort zum anderen gelangte, sagte sie sich. Hier drin gab es bestimmt ebenso viele Abkürzungen wie Wege.

In diesem Haus überraschte sie so schnell nichts mehr. Ob man es nun glauben wollte oder nicht. Anabel schlich eine Allee aus kerzengeraden Pappeln entlang. Ihre Wipfel berührten beinahe die Decke.

Irgendwann, wenn das alles hier vorbei war, würde sie eines Morgens aufstehen und aus dem Dachfenster ihres Zimmers auf das unheimliche Nachbarhaus schauen. Dann würden die Wipfel dieser Bäume durch die Schindeln lugen und schließlich immer weiter in den Himmel wachsen.

Anabel lief schneller, einfach um die nächste Biegung, immer tiefer hinein in diesen seltsamen Wald, den es eigentlich gar nicht geben konnte. Dennoch rannte sie zwischen Bäumen, sogar Laub lag am Boden, und wenn sie sich nicht getäuscht hatte, war eben ein Eichhörnchen den Stamm links vor ihr hinaufgehuscht. Anabel schüttelte ungläubig den Kopf. Bestimmt hätte sie von so etwas schon gehört. Von Wäldern in Häusern. Also war es ein Wintergarten. Ein großer, geradezu riesiger Wintergarten, den man von draußen nicht sah. So musste es sein. So und nicht anders!

Anabel keuchte, lehnte sich an einen Stamm, atmete tief durch und erstarrte. Vor ihr stand Phileas Pasternak und wartete. Zwischen den Bäumen war er nicht mehr als ein Schatten. Das Mädchen machte kehrt. Wieder, doch immer weniger entschlossen. Dieses Katz-und-Maus-Spiel zerrte gehörig an ihren Nerven.

Ich werde hinausfinden, sagte Anabel sich immer wieder. Ich werde hinausfinden. Davon war sie überzeugt. Es war ein Haus, kein Wald. Nur ein Haus, nicht einmal ein Schloss.

Und sie kannte dieses Haus. Zumindest von außen. So viel größer als die Nachbarhäuser schaute es von ihrem Fenster aus gar nicht aus. Oder vielleicht doch? Je mehr sie darüber nachdachte, desto unsicherer wurde sie.

Und dann veränderte sich der Boden. Unter ihren Füßen befand sich Gras. Allerdings kein echtes Gras. Sie lief über einen Rasen aus Ostergras. Bei jedem Schritt knisterte es leise. Anabel fand das irgendwie unheimlich, also hörte sie weg, wie beim lauten Gekreische in der Geisterbahn. Um sich abzulenken, stellte sie sich vor, dass zwischen den Bäumen auch noch Osternester mit Schokohasen und bunten Eiern versteckt waren, und welchen Spaß es machen würde, danach zu suchen.

Das Gras war das eine. Weil man schließlich nicht schleichen konnte, wenn es bei jeder Bewegung knisterte. Das andere waren die Kuckucksuhren. Sie hingen an den Bäumen, an manchen sogar zwei, wenn Anabel sich nicht irrte. Sie erschrak, wann immer ein Kuckuck herauskam und die Uhrzeit meldete, vor allem deshalb, weil es echte Vögel waren, mit Federn, Schnäbeln und allem Drum und Dran.

Und dann war da natürlich noch Phileas Pasternak. Wie sehr Anabel sich auch beeilte, wie oft sie auch abbog oder geradezu Haken schlug. Dieser Mann tauchte stets vor ihr auf und blickte ihr entgegen. Hinter einem Baum hervor, einem Strauch oder er stand einfach mitten am Weg.

Anabel zitterten die Knie. Wackelig setzte sie einen Fuß vor den anderen, laufen konnte sie nicht mehr. Und als er das nächste Mal wieder vor ihr auftauchte, traf sie eine Entscheidung. Sie würde nicht mehr länger davonlaufen. Früher oder später musste sie sich einer Begegnung mit dem alten Mann stellen. Sie fand hier einfach keinen

OBEN

Ausweg, zumindest nicht ohne seine Hilfe. Also warf sie ihre Bedenken über Bord und die Angst, die ihr die Kehle zuschnürte, verdrängte all die Gerüchte, die ihr über den seltsamen Mann hier zu Ohren gekommen waren. Mit bleiernen Beinen ging sie auf ihn zu.

Phileas Pasternak fixierte das Mädchen. Kinder waren hier schon seit Jahrzehnten nicht mehr durchs Haus gelaufen. Er beobachtete sie sonst nur durch die Fensterscheibe. So wie man Tiere im Zoo betrachten würde. Wild und unberechenbar waren sie ihm vorgekommen, wenn sie durch die Gärten flitzten, kreischten, auf Bäume kletterten und Blumen platt trampelten. Und jetzt hatte er so ein frei laufendes Exemplar hier in seinem Haus.

Wie er ihr so entgegenstarrte, wollte Anabel jetzt gerne noch einmal kehrtmachen und so lange rennen, bis sie irgendwo ankam. Man kam schließlich immer irgendwo an.

Doch hier drin war nichts wie draußen, und auch wenn sie wusste, dass „draußen“ nicht weit weg war, erschien es schlichtweg unerreichbar. Außerdem wollten sich ihre Beine einfach nicht mehr bewegen.

Dann, bevor es hier noch unheimlicher wurde, und weil sie wie gelähmt auf der Stelle verharrte, erinnerte Anabel sich doch noch an ihre guten Manieren.

„Ich bin Anabel Caruso“, stellte sie sich mit zittriger Stimme vor. „Ich wohne auf der anderen Straßenseite.“

Unentschlossen machte sie einen Schritt auf den Mann zu und streckte ihm die Hand entgegen, obwohl ihr vor der Berührung dieser knochigen Finger schauderte.

Da ging es Herrn Pasternak wohl nicht anders. Er wich zurück und starrte Anabels kleine Hand verwirrt an. Er sollte wirklich keine Angst vor diesem Mädchen haben, redete er sich beruhigend zu. Schließlich war er gut und gern einen halben Meter größer als sie. Allerdings konnte man ja nie wissen, ob sie ihn nicht vielleicht beißen würde, wenn er ihr zu nahe kam. Sie könnte die Tollwut haben oder eine andere ansteckende Krankheit.

„Es tut mir leid, dass ich einfach hereingekommen bin", redete Anabel weiter. „Ich weiß natürlich, dass sich so etwas nicht gehört. Schuld ist aber mein kleiner Bruder Jonas. Weil der doch durch Ihr kaputtes Kellerfenster geklettert ist. Er ist ja noch klein und hat keine Ahnung von irgendwas. Auch nicht davon, dass man nicht in fremde Häuser darf, ohne eingeladen zu sein."

Es sprudelte geradezu aus Anabel heraus, schnell und unkontrolliert. Sie redete so schnell, damit der Mann gar nicht erst dazu kam nachzudenken. Schließlich wusste sie nicht mehr, was sie noch sagen sollte, und verstummte. Und Phileas Pasternak starrte sie weiterhin nur an. Am Ende hatte er kein Wort von dem, was sie sagte, verstanden, weil er eine andere Sprache sprach. Vielleicht russisch oder japanisch. Das konnte sie beides nicht. Deswegen kratzte sie sich am Kopf, wie sie das immer machte, wenn sie nervös war.

„Sie haben Bäume im Haus gepflanzt“, platzte es aus Anabel plötzlich heraus, weil die Stille zum Zerreißen gespannt war, dass sie es kaum mehr aushielt.

Der Mann schüttelte den Kopf.

„Doch.“ Anabel ließ sich davon nicht abbringen. „Man braucht sich ja nur umzusehen. Die sind echt“, beharrte sie und klopfte gegen einen Stamm.

„Nein“, erwiderte Herr Pasternak.

„Natürlich sind die echt“, bekräftigte Anabel. Sie erkannte ja wohl noch einen Baum!

„Ja“, sagte der Mann schließlich.

„Eben.“ Anabel verschränkte zufrieden die Arme vor der Brust.

„Nein“, sagte Herr Pasternak wieder. Er sprach nicht oft. Es fiel ihm schwer, die richtigen Worte zu finden. Sein Hals kratzte dermaßen, dass er beinahe ein wenig eingerostet klang.

„Ich verstehe nicht, was Sie meinen.“ Anabel klang beinahe trotzig, doch ihr schlotterten ganz schön die Knie. Aber sie musste etwas sagen. Sich gegenseitig wortlos anzustarren, bereitete ihr eine Gänsehaut.

„Die Bäume sind nicht im Haus“, behauptete Phileas Pasternak steif und fest.

Anabel fand das reichlich seltsam. Es konnte doch jeder sehen, dass es so war. Erwachsene waren mitunter unglaublich stur. Darüber wunderte sie sich nicht zum ersten Mal.

„Das Haus", sprach Herr Pasternak weiter. Er beugte sich dabei verschwörerisch vor und warf nervöse Blicke um sich. „Das Haus ist um die Bäume herum."

Die Panik in den Augen des Mannes war ansteckend. Anabel begann ebenfalls sich umzuschauen, immer wieder, als wäre da noch etwas zwischen den Bäumen, etwas, vor dem sich auch dieser Pasternak zu fürchten schien. Man konnte beinahe meinen, das Haus wäre bedrohlicher als dieser Pasternak selbst.

„Was soll denn das heißen?" So oder so wuchsen hier Bäume in einem Haus. In Anabels Augen machte das keinen Unterschied.

„Das Haus", flüsterte er und warf wieder ängstliche Blicke um sich, „das Haus ist um die Bäume herum gewachsen."

„Aha!" Anabel fühlte sich immer unsicherer.

„Es ist das Haus", sagte er. „Es führt ein Eigenleben. Und ist man erst einmal drinnen ..." Phileas Pasternak verstummte.

„Vielleicht weiß ja deshalb niemand etwas über ihn", dachte Anabel. „Weil das Haus ihn nicht hinauslässt."

Sie tat so, als würde sie ihm glauben, und trat einen Schritt zurück. So etwas gab es natürlich nicht. Häuser waren einfach Häuser. Sie ließen niemanden rein oder raus.

Phileas Pasternak lächelte oder verzog zumindest den Mund. Anabel gruselte es.

„Es ist das Haus“, beharrte er. „Du wirst sehen.“

Es ließ ja nicht einmal Konservendosen und alte Waschmittelkartons wieder hinaus, schoss es Anabel durch den Kopf. Sie nickte verhalten.

„Du verstehst?“, fragte Herr Pasternak.

Und Anabel verstand. Dieser Mann war nicht ganz richtig im Kopf. War man erst einmal hier drin, fand man nur schwer wieder hinaus. Diese Erfahrung machte sie gerade selbst. Aber unmöglich konnte es nicht sein. Schließlich hatte jedes Haus einen Ausgang. Man musste ihn nur finden. Anabel kaute auf ihrer Unterlippe und schaute Phileas Pasternak skeptisch an.

„Sie sollten einmal aus dem Haus gehen“, schlug sie vor. „An die frische Luft.“

Der Mann lebte hier zwischen all den Türmen. Das konnte einen bestimmt verrückt machen, stellte Anabel sich vor. Vielleicht war es ja der Sauerstoffmangel. Wenn man nicht genug Sauerstoff bekam, konnten Teile des Gehirns absterben. Dann fielen einem womöglich solche komischen Geschichten ein, von Häusern, die um Bäume herumwuchsen. Bestimmt war hier seit Ewigkeiten nicht gelüftet worden. Die vernagelten Fenster fielen ihr ein.

„Nein, wirklich. Frische Luft tut Ihnen bestimmt gut“, bekräftigte Anabel.

Doch Phileas Pasternak schaute sie nur an, als würde er kein Wort von dem verstehen, was sie erzählte.

„Aus dem Haus gehen“, sagte er und sein Blick glitt durch Anabel hindurch in die Ferne. „Aus dem Haus“, wiederholte er. Als wäre das etwas ganz und gar Unmögliches. Oder etwas, das er schon so lange nicht mehr gemacht hatte, dass er schon gar nicht mehr wusste, wie es ging.

„Ja genau“, sagte Anabel. „Wir gehen gemeinsam hinaus. Sie könnten mit zu uns kommen. Meine Mutter macht Ihnen bestimmt ein tolles Frühstück. Sie ist immer sehr nett zu Gästen. Wir haben sogar Kuchen. Mit Äpfeln und Zimt. Den sollten Sie sich nicht entgehen lassen. Mein Vater bäckt nämlich die besten Kuchen weit und breit.“

„Aus dem Haus“, flüsterte Phileas Pasternak und schüttelte den Kopf.

Anabel stockte, schluckte und sprach schließlich weiter: „Wann waren Sie denn das letzte Mal draußen?“

Der alte Mann schaute auf das kleine Mädchen hinunter. Er überlegte und zuckte schließlich mit den Schultern.

„Okay.“ Anabel lief plötzlich ein kalter Schauer über den Rücken. „Aber ich sollte dann wirklich los“, sagte sie mit brüchiger Stimme. „Ich hole nur schnell Jonas und meine Katze. Dann sind Sie mich schon los.“

„Nein“, sagte Phileas Pasternak und griff nach Anabel.

Sie stolperte beinahe, so schnell wich sie zurück. Weil

seine dürre Hand auf sie zuschoss, mit langen Fingern, so dünn wie Spinnenbeine.

„Jonas?“ Der alte Mann blickte sie fragend an.

„Mein kleiner Bruder. Den hab ich doch schon erwähnt.“

Das schien Phileas Pasternak allerdings gar nicht zu hören. Er blickte sich wieder um.

„Es ist noch jemand da?“

Anabel nickte.

„Ein kleiner Junge also“, sagte der alte Mann mehr zu sich selbst als zu Anabel. „Das könnte schwierig werden.“

„Wieso denn?“, wollte Anabel wissen.

„Das Haus ist nicht auf Gäste eingestellt. Auf kleine Gäste schon gar nicht.“ Er sah aus, als würde er angestrengt nachdenken. „Es ist nämlich so“, fuhr er fort, „es macht eigentlich, was es will. Deshalb überrascht es mich auch, dass es dich überhaupt hereingelassen hat. Hier hat nämlich alles seine Ordnung.“ Er blickte Anabel bedauernd an. „Kinder und Ordnung passen einfach nicht zusammen.“

„Ich weiß“, stimmte Anabel zu. „Es wäre schön, wenn Sie das auch meiner Mutter erklären könnten. Aber erst müssen wir meinen kleinen Bruder finden.“

„Alles hat seinen Platz“, fuhr Pasternak fort, als ob er Anabel gar nicht zugehört hätte. „Nur der Weg dorthin ändert sich immer wieder.“ Dann schaute er sich um und nickte vor sich hin. „Ich merke mir diese Ordnung nicht immer, musst du wissen, aber ich bin hartnäckig, und wenn ich etwas suche, dann finde ich es auch."

Anabel atmete auf. Dann würde er Jonas und schließlich auch die Tür finden.

„Früher oder später auf jeden Fall", fügte er hinzu. „Ich habe einmal sieben Jahre, drei Monate und zwölf Tage nach meiner Kaffeekanne gesucht, aber dann hab ich sie gefunden." Er strahlte sie triumphierend an.

„Sieben Jahre, drei Monate und zwölf Tage?", wiederholte Anabel. „Dann wäre Jonas ja elf Jahre, zwei Monate und ..." Sie rechnete, zählte die Tage an ihren Fingern ab und verkündete schließlich das Ergebnis. „... neun Tage weg!", rief sie aus. „Das ist ganz und gar unmöglich." Schon allein deswegen, weil Jonas dann aus seinem Pyjama längst herausgewachsen wäre, und was ihre Eltern dazu sagen würden, wollte sie sich gar nicht erst ausmalen.

„Es wäre nicht so schlimm, wenn es ein wenig dauern würde, bis wir ihn finden. Es gibt hier nämlich vieles, das kleinen Jungen gefällt." Er lächelte beinahe, als er das sagte. „Eisenbahnen, Ritterrüstungen, Verliese oder Geheimgänge."

„Das würde mir auch gefallen", sagte Anabel. „Das ist ja auch alles ganz toll. Aber Jonas hat zu Hause auch viele schöne Sachen. Früher oder später will er ganz sicher wieder heim."

„Das Haus kann sehr überzeugend sein", sagte der Mann. „Sehr überzeugend."

„Das kann ich mir nicht vorstellen“, widersprach Anabel. „Er hat sich bestimmt verirrt hier drin“, vermutete sie.

„Meinst du wirklich?“ Phileas Pasternak überlegte. „Möglich wär’s. Dann bekommt er hoffentlich keine grässliche Beule“, meinte der alte Mann und blickte sich verunsichert um.

„Eine grässliche Beule?“, fragte Anabel.

„Ich hatte eine grässliche Beule, als ich mich einmal verirrt hatte“, behauptete Herr Pasternak. „Ich lief gegen einen der gusseisernen Kerzenhalter, die in der Wand stecken. Wenn man sich verirrt, kann so etwas leicht passieren, man weiß ja dann nicht mehr, wo man sich selbst befindet, und noch viel weniger, wo die Ecken und Kanten lauern.“

Eine Armee von Zinnsoldaten

Bevor sie sich auf die Suche nach Jonas machten, wollte Anabel endlich die Salami loswerden. Sie störte schon die längste Zeit und vielleicht konnte sie dem alten Mann ja eine Freude damit machen.

„Ich hab noch etwas für Sie“, sagte sie und hielt dem verdutzten Herrn Pasternak die Wurst entgegen.

„Was ist das?“, fragte er misstrauisch.

„Eine Salami“, stellte Anabel fest.

Phileas Pasternak nickte und fasste die Wurst mit spitzen Fingern an. Er wusste nicht genau, was er damit anstellen sollte. Er hatte ja im Grunde niemals Gäste und wenn, dann war es so lange her, dass er sich gar nicht mehr daran erinnern konnte, geschweige denn daran, ob diese Gäste irgendetwas mitgebracht hatten. Er betrachtete das Mädchen. Sie erschien ihm nicht mehr so bedrohlich wie sonst, wenn er sie durch sein Fenster dabei beobachtete, wie sie mit ihren Freunden durch die Gärten jagte.

Anabel erging es nicht viel anders. Ihr kam der alte Mann auch weit weniger bedrohlich vor, jetzt wo sie vor ihm stand, als noch gestern, wo sie nur die Geschichten über ihn kannte. Bei rechtem Licht betrachtet, war es ihr nun furchtbar peinlich, dass sie einfach durch ein kaputtes Kellerfenster in sein Haus gekrochen war.

„Ich bin eigentlich ein sehr nettes Mädchen", versicherte sie dem alten Mann und kam sich sogleich ziemlich lächerlich vor, weil es sich doch etwas komisch anhörte, wenn man so etwas von sich selbst behauptete.

Phileas Pasternak fragte sich, was es mit dem kleinen Wörtchen *eigentlich* auf sich hatte. Das Mädchen war *eigentlich* nett, nur hier und jetzt womöglich nicht? Er würde sie ganz genau im Auge behalten, um auf Nummer sicher zu gehen.

„Warum hast du eine Salami mitgebracht?", fragte er sie, weil ihm diese Wurst als Gastgeschenk doch reichlich ungewöhnlich vorkam.

„Damit Sie Oskar nicht essen müssen."

„Wer ist Oskar?" Dem alten Mann schwirrte allmählich der Kopf. Hier schienen sich eine Menge Leute herumzutreiben, ohne dass er es mitbekommen hatte.

„Oskar ist mein Kater", sagte Anabel.

„Verstehe." Herr Pasternak versuchte auch tatsächlich, das Ganze zu verstehen, aber irgendwie gelang es ihm nicht. „Wieso sollte ich deinen Kater essen?", fragte er.

Anabel zuckte mit den Schultern. Darauf wusste sie auch keine Antwort.

„So ein kleines Mädchen kommt doch auf die absonderlichsten Ideen", dachte er und schüttelte den Kopf.

„Oskar also", grübelte Herr Pasternak. „Ist das der rot getigerte mit den bernsteinfarbenen Augen oder der schwarze mit den grünen Augen?"

„Der rote", antwortete Anabel.

„Der rote Kater also. Aha. Ein sehr nettes Tier. Er kommt mich regelmäßig besuchen. Er hält für sein Leben gern ein Nickerchen in einem der Osternester."

Anabel fühlte sich allmählich wieder ein wenig sicherer. Dieser Mensch war offenbar ganz anders, als die Gerüchte über ihn behaupteten. Er machte einen freundlichen Eindruck und fürchtete sich anscheinend vor ihr nicht weniger als sie vor ihm. Dennoch wollte sie weiterhin auf der Hut sein, falls das alles nur eine freundliche Maske vor einer bösen Absicht wäre.

„Wie alt sind Sie?", fragte Anabel. Je mehr sie über den seltsamen Mann erfuhr, desto weniger gruselig würde er wirken, vermutete sie.

Phileas Pasternak überlegte. Es war schon lange her, seit er das gefragt worden war. Er war nicht sicher, ob er es noch wusste. „Sehr alt“, antwortete er schließlich. „Vielleicht so alt wie ein hundert Meter hoher Mammutbaum.“

Er kicherte und Anabel kicherte mit.

„Sie haben auf jeden Fall ein tolles Haus“, stellte sie fest. „So viele Sachen besitzt sonst niemand, den ich kenne.“

„Na ja, das ist ja auch kein Wunder“, erwiderte der alte Mann. „Wir Pasternaks sammeln schon seit vielen Generationen. Es ist vielleicht nur ein Haus, aber es sind viele Leben, die darin gelebt wurden, und ein jedes hat seine Spuren hinterlassen.“

„Wieso?“ Für Anabel klang das reichlich seltsam.

„Nun, das ist doch vollkommen klar“, begann Herr Pasternak und verstummte dann gleich wieder. „Also ...“ Er kratzte sich am Kinn. „Wenn ich es recht bedenke, fällt mir kein Grund ein, außer dass es so ist, weil es eben so ist.“ Er nickte und lachte. „Ja, es ist so und nicht anders“, bekräftigte er.

„Aha.“ Anabel überlegte und sprach schließlich weiter. „Wissen Sie, es gibt Leute, die meinen, ein Mensch sollte nicht mehr als 87 verschiedene Sachen besitzen.“ Das hatte ihr Vater einmal behauptet, als es ihr wieder einmal schwergefallen war, sich von ausrangiertem Spielzeug zu trennen.

„87 Sachen?“ Phileas Pasternak dachte ernsthaft darüber nach. Er wusste ja schließlich nicht viel über die Welt da draußen und noch viel weniger über die Menschen, die darin lebten. „Wieso gerade 87?“, wollte er wissen.

„Vielleicht sind es ja auch 88 Dinge oder 89. Die genaue Zahl ist nicht so wichtig, denke ich. Wichtig ist wohl nur, dass ein einzelner Mensch nicht so viele Dinge braucht, um glücklich zu sein."

Phileas Pasternak blickte sich ratlos um. Er besaß bestimmt tausendmal so viel, wenn nicht gar zehntausendmal so viel. Wie sollte da jemand eine Entscheidung treffen, was er behalten sollte und was nicht?

„Sie könnten bestimmt eine Menge davon verkaufen", schlug Anabel vor. „Am Ende wären Sie ein reicher Mann, könnten sich eine Insel kaufen und den ganzen Tag nur Mangos essen."

„Was sollte ich denn auf einer Insel?", fragte er und schüttelte den Kopf. „Und den ganzen Tag nur Mangos essen, will ich auch nicht", stellte er entschieden fest. „Vielleicht Ananas oder am liebsten Butterkekse. Mangos aber sicher nicht."

„Dann eben Butterkekse", sagte Anabel. „Was immer Sie wollen. Sie sind dann reich und können alles kaufen, wonach Ihnen der Sinn steht."

„Leider kann ich nichts verkaufen", erwiderte Phileas Pasternak.

„Warum denn nicht?"

„Weil mir die meisten Sachen doch gar nicht gehören."

„Wem denn sonst?" Anabel fragte sich, ob der Mann am Ende gar nicht allein hier wohnte. Der Gedanke beunruhigte sie ein wenig.

„Meinen Eltern oder meiner Großmutter."

„Leben die denn noch?" Nun war Anabel vollends verwirrt.

„Selbstverständlich nicht." Herr Pasternak schüttelte den Kopf. „Was du nur immer für Ideen hast. Ich bin ja selbst schon unheimlich alt."

„Eben. Dann haben Sie all die Dinge geerbt und sie gehören nun Ihnen."

„Großmutters Kleider?", fragte der alte Mann ungläubig.

„Aber ja. Auch die Kleider Ihrer Großmutter."

Phileas Pasternak starrte das Mädchen erst an und begann dann zu kichern.

„Nein, nein, nein", entgegnete er. „Großmutters Kleider sind Großmutters Kleider. Das war immer so und wird immer so sein."

„Sie hätten dann hier drinnen aber sehr viel mehr Platz", gab Anabel zu bedenken. „Außerdem verirrt man sich ja leicht. Vom Sauberhalten ganz zu schweigen."

„Ach, das Putzen ist gar nicht so schwierig. Mit meinen staubsaugenden Rollschuhen macht das sogar richtig Spaß."

„Staubsaugende Rollschuhe?" Anabel staunte und war auch ein wenig neidisch.

„Hab ich selber erfunden", sagte Herr Pasternak und platzte beinahe vor Stolz. „Man gleitet durch das Haus und macht ganz nebenbei sauber." Er strahlte regelrecht.

„Und meine kletternden Roboterstaubwedel erledigen den Rest.“

„Die hab ich schon getroffen“, sagte Anabel „Eine tolle Erfindung. So einen könnte ich in meinem Zimmer auch gut gebrauchen.“ Einen Staubwedel, der ihr Bücherregal hinaufkletterte und ganz allein unermüdlich Buch um Buch vom Staub befreite. Sie lächelte bei dem Gedanken. „Denken Sie, ich könnte mir einmal so einen Roboterstaubwedel von Ihnen borgen?“

„Natürlich“, sagte Phileas Pasternak. „Ich habe eine ganze Menge davon.“

Schließlich setzte er sich in Bewegung und Anabel folgte dem alten Mann. Wenn jemand Jonas schnell finden konnte, dann er.

„Wieso haben Sie Bäume hier im Haus?“, fragte sie nach einer Weile.

„Irgendwann – es ist schon lange her – hat Ururururgroßvater Paulus Pasternak das Haus um die Bäume herumgebaut. Da waren sie noch klein.“

„Warum denn nur?“

„Das Haus brauchte eben mehr Platz. So ein Haus wächst ja schließlich auch.“

„Aber er hätte die Bäume ja auch fällen können“, wandte Anabel ein.

„Wozu denn?“ Herr Pasternak blickte Anabel verständnislos an. „Bäume sind doch schön.“

„Ja, aber …“ Anabel wollte nicht einfallen, wie sie ihm erklären sollte, dass Bäume nun einmal nicht im Haus wachsen sollten, sondern davor.

„Stimmt schon, die Eichhörnchen sind mitunter ein wenig lästig“, räumte Phileas Pasternak ein. „Die stehlen nämlich“, flüsterte er Anabel zu und schaute sich misstrauisch um. „Man darf sich von ihrem possierlichen Aussehen, den Knopfaugen, den kleinen Pfötchen und dem buschigen Schwanz nicht täuschen lassen. Kleine, gemeine Nussdiebe sind das!“

„Was passiert, wenn die Bäume irgendwann durch die Decke wachsen?“, wollte Anabel wissen.

„Dann kommt eben ein Loch in die Decke, damit sie durchkönnen.“

„Aber dann regnet es ja herein“, stellte Anabel fest.

„Ach was!“ Herr Pasternak winkte ab. „Dann gibt es ja ein Blätterdach. Und Dach ist Dach“, behauptete er.

Da war Anabel zwar nicht so sicher, aber sie beschloss, nicht länger darauf herumzureiten. Er kam mit seinem Wald im Wohnzimmer offenbar gut zurecht.

Die Bäume veränderten sich. Die Pappeln wurden von Nadelbäumen abgelöst. Glitzernde Nadelbäume, von dem ganzen Lametta, das auf ihren Ästen hing. Dazwischen stapelten sich Schachteln mit Weihnachtsschmuck. Anabel war so fasziniert, dass sie vergaß, auf den Weg zu achten. Deshalb bemerkte sie zu spät, dass sich der Stapel rechts vor ihnen bewegte. Im nächsten Moment kollerten den beiden unzählige Rollen Geschenkpapier vor die Füße und brachten Herrn Pasternak beinahe zu Fall. Anabel konnte gerade noch ausweichen.

Zeit, um darüber nachzudenken, was da gerade passiert war, hatte sie aber nicht. Schon hasteten sie davon, vorbei an einem kleinen Dorf von Legohäusern. Bei den Zinnsoldaten wurden sie angegriffen. Eine Armada von Papierfliegern schoss im Sturzflug auf die zwei herab. Die Flieger piksten ganz schön, wenn sie genau mit der Spitze voran trafen. Herr Pasternak zog Anabel hinter die nächste Ecke.

„Wir werden angegriffen", keuchte er.

„Woher wissen Sie das?", fragte Anabel.

„Was ist denn das für eine Frage?", wunderte sich der alte Mann. „Das ist ja wohl klar." Er schüttelte den Kopf. Die Kleine hatte wirklich keine Ahnung, wie es hier drinnen lief. „Das Haus greift uns an", erklärte er. „Es bewirft uns mit Sachen. Das macht es öfter. Papierflieger sind da noch harmlos. Sie piksen höchstens ein bisschen. Was denkst du, wie weh es tut, wenn einem ein Kochtopf auf den Kopf knallt? Oder eine Konservendose? Da schießen die Beulen wie Pilze aus dem Kopf."

„Vielleicht will es ja nur spielen", scherzte Anabel, der es langsam zu bunt wurde.

„Das ist doch ..." Phileas Pasternak hielt inne. Darüber musste er nachdenken. Spielen. „Das ist dumm", stellte er schließlich fest.

„Wieso?"

„Es ist alt", sagte er. „Da will man nicht mehr spielen, sondern seine Ruhe haben."

„Das ist doch alles Unsinn!", rief Anabel. „Ein Haus ist einfach nur ein Haus und Häuser spielen nicht." Was das betraf, war sie eigentlich ziemlich sicher. „Von außen betrachtet schaut es auch gar nicht so groß aus", fügte sie leiser und zweifelnd hinzu.

„Es ist ja auch ein kluges Haus", erklärte der alte Mann. „Von außen tut es so, als wäre es ein ganz normales Haus, aber von innen ist es ein Schloss mit verborgenen Gängen, Geheimtüren und Verliesen."

Seine Augen glänzten vor Stolz, jedenfalls kam es Anabel so vor. Dann zuckte der alte Mann schließlich mit den Schultern und setzte seinen Weg nun in geduckter Haltung fort. Von einem Turm mit allem möglichen Geschirr pflückte er zwei Pfannen. Eine reichte er Anabel, die andere hielt er sich schützend über den Kopf.

„Falls dem Haus einfallen sollte, uns mit schmerzhafteren Dingen zu bewerfen", erklärte er. „So eine stählerne Bratpfanne ist so gut wie jeder Ritterhelm."

Die beiden bogen ab und ab und wieder ab. Dann schlichen sie an einer Wand aus leeren Glasflaschen vorbei. Da erzeugten sie natürlich einen Luftzug. Der streifte an den Flaschenhälsen entlang und ließ ein helles Pfeifen ertönen. Das war so gruselig, dass Anabel erschrak und an der nächsten Kreuzung beinahe einen Turm aus Eierkartons zum Einsturz brachte. Hinter einem Stapel bunter Wäschekörbe verschnauften sie einen Moment. Dann ging es weiter, an aufeinandergestapelten Kleiderhaken vorbei. Immer wieder blieben sie hängen wie an einer Dornenhecke. Allmählich wurde der Weg schmäler, bis er schließlich eine eng gewundene Wendeltreppe hinaufkroch und in einem schwarzen Loch verschwand.

„Dort oben ist es aber dunkel", wisperte Anabel und hoffte, dass der alte Mann nicht anfing, die schmalen Stufen hinaufzusteigen.

Er nickte, schaute hinauf und den Weg zurück, den sie gekommen waren.

„Wohin sollen wir denn jetzt gehen?“, verlangte Anabel zu wissen. Hier wollte sie nicht länger bleiben. Die Dunkelheit dort oben jagte ihr ziemliche Angst ein.

„Das ist nicht so einfach“, erwiderte Phileas Pasternak. „Die Wege ändern sich ja dauernd.“

Die Geschichte wurde immer absonderlicher. „Das glaub ich nicht“, war Anabel überzeugt, nur um dann kleinlaut hinzuzufügen: „Zumindest nicht mehr als ein bisschen.“ Denn im Grunde war ja alles, was sie hier in diesem Haus erlebt hatte, nicht zu glauben und passierte doch.

Das Haus lebte. Irgendwie. Jedenfalls fand Anabel keine andere vernünftige Erklärung. Vielleicht hatte der alte Mann ja recht. Nicht er war das Problem, sondern das Haus. Anabels Härchen in ihrem Nacken stellten sich auf. Sie spähte noch einmal die gewundene Treppe hinauf.

„Wir müssen zurück“, sagte Phileas Pasternak schließlich und Anabel atmete auf.

Sie schlugen wieder einen Haken, nahmen eine Abkürzung mitten durch dichtes Gestrüpp und standen schließlich vor einer Lichtung. Herr Pasternak bückte sich und rupfte etwas aus dem Boden.

„Karotte gefällig?“, fragte er Anabel und hielt ihr eine entgegen.

Das Mädchen hatte solchen Hunger, dass sie einfach nicht widerstehen konnte. Sie bedankte sich und griff danach.

„Die schmeckt ja gar nicht wie eine normale Karotte“, stellte sie kauend fest. „Sie schmeckt nach Marzipan.“

„Es hat auch eine Weile gedauert, bis ich das geschafft habe.“ Herr Pasternak schmatzte genüsslich. „Ich mag Marzipankarotten nämlich viel lieber als die anderen.“

„Ich auch“, gab Anabel zu. „Ich hatte aber keine Ahnung, dass die im Boden wachsen.“

„Tun sie eigentlich auch nicht. Ist eine Spezialzüchtung.“ Er leckte sich die Finger ab. „Und man kann damit ganz hervorragend Socken stopfen.“

„Man kann Socken stopfen mit den Karotten?“ Anabel verstand nicht ganz. Es war bestimmt nicht angenehm, wenn man sie einfach in die Löcher stopfte.

„Oh ja.“ Herr Pasternak nickte. „Wenn man auch nur eine Einzige isst, sieht man danach so gut, dass man auch den dünnsten Faden ins winzigste Nadelöhr bekommt. Als hätte man eine Lupe verspeist.“

„Das ist doch gar nicht möglich“, zweifelte Anabel.

„Dann versuch es doch. Schau, wohin du willst. Alles wird plötzlich viel näher sein.“

Dann fiel es Anabel auf. Das Gras war mit einem Mal zum Greifen nah und ein Marienkäfer erschien ihr so groß wie eine Hummel.

„Wow!“, sagte sie, während sie sich staunend um sich selbst drehte.

Dann traute sie ihren Augen nicht. Jonas stand bei einem Brombeerstrauch, pflückte die Früchte und stopfte sie sich in aller Ruhe in den Mund. Sie stieß einen Freudenschrei aus und lief schnell zu ihm, bevor er wieder verschwand.

„So!", sagte sie und packte ihn bei einem Arm. „Jetzt lass ich dich nicht mehr los."

Jonas strahlte seine Schwester an und umarmte sie.

„Wo bist du denn gewesen?", wollte er wissen.

„Wo ich ..." Anabel stockte. Wo sie gewesen war! Das konnte auch nur eine Landplage von kleinem Bruder fragen.

„Ich hab dich gesucht. Die Frage ist nämlich, wo du gewesen bist?“ Dann schaute sie ihn streng an, damit er wusste, dass er Mist gebaut hatte.

„Ich bin hier gewesen“, antwortete Jonas. „Und hier ist es einfach toll“, fügte er hinzu. „Vor allem dort drüben bei den Spielsachen. Dort gibt es eine ganze Armee von Zinnsoldaten. Die musst du dir unbedingt anschauen. Komm!“

„Nein!“ Anabel hielt Jonas fest. „Wir müssen nach Hause!“, sagte sie.

„Aber wir haben doch so schön gespielt“, maulte Jonas. „Ich hab so tolle Papierflieger gebaut und ein paar haben euch sogar getroffen.“ Er strahlte seine Schwester stolz an.

„Du warst das?“ Anabel blickte von ihrem kleinen Bruder zu Herrn Pasternak. „Er war das“, bekräftigte sie und nahm ihren Bruder fest an der Hand. Noch einmal würde sie ihn nicht verlieren.

Die Kinder standen nun alle beide vor Phileas Pasternak. Der alte Mann nickte und blickte Jonas neugierig an.

„Siehst du!“ Herr Pasternak klatschte in die Hände. „Man kann hier eine Menge Spaß haben.“

„Oh ja“, stimmte Jonas zu.

„Und dabei hast du noch gar nicht seine Marzipankarotten probiert“, sagte Anabel. „Die sind einsame Spitze.“

„Ach was.“ Herr Pasternak errötete leicht. „Du müsstest erst einmal einen Keks von meinem Keksstrauch versuchen.“

„Einen Keksstrauch?“ Anabel schüttelte den Kopf. Bestimmt wollte der Mann sich nur über sie lustig machen. So etwas wie einen Keksstrauch gab es nun wirklich nicht.

„Aber sicher“, bekräftigte Herr Pasternak. „Man kann ja schließlich nicht von Gurken allein leben.“ Er lachte.

„Das wäre ziemlich langweilig“, stimmte Anabel zu. „Aber wovon leben Sie denn eigentlich?“, fragte sie. Der Mann ging ja nie aus dem Haus. Wie er da an ordentliches Essen kam, war Anabel schleierhaft.

„Na ja, es gibt Mittel und Wege“, behauptete Herr Pasternak und zuckte mit den Schultern. „Leitungen und Kanäle.“ Er schnaufte und blickte sich um. „Da drüben ist schon ein Keksstrauch.“ Der alte Mann pflückte ein paar Kekse für die Kinder und steckte sich auch selbst einen in den Mund. „Um diese Jahreszeit schmecken sie am besten“, versicherte er. „Und man muss nur einen Haselnussstrauch mit einem Zimtstrauch kreuzen. Ein paar Weizenkörner dazu und Zuckerrübensamen. Na ja. Das Ergebnis schmeckst du ja.“

Anabel kostete ganz vorsichtig. Schließlich gewann der Hunger und sie stopfte sich den ganzen Keks in den Mund.

„Es ist eine spezielle Züchtung meiner Großtante Lore“, erklärte Herr Pasternak. „Ich selbst habe noch eine leichte Zitronennote eingekreuzt. Das verleiht ihnen so einen frischen Geschmack.“

„Sie sind ganz ausgezeichnet“, schmatzte Anabel. „Aber dass Sie einen Keksstrauch gezüchtet haben ...“ Das Mädchen schüttelte ungläubig den Kopf. Sie musste einmal ein ernstes Wort mit ihrer Lehrerin reden. Die wichtigen Dinge wurden einem in der Schule wohl nicht beigebracht.

„Wir Pasternaks haben einen grünen Daumen“, sagte der alte Mann voller Stolz auf seine außergewöhnlichen Züchtungen. „Wir bringen Dinge zum Wachsen, die es anderswo nicht gibt. Mein Kirschbonbonbaum ist einzigartig. Leider trägt er erst wieder im Frühjahr.“

Keksstrauch, Kirschbonbonbaum. Diese Gewächse gab es woanders tatsächlich nicht. Anabel kam aus dem Staunen nicht heraus.

„Ich hab auch eine Menge Einmachgläser gesehen und in einem waren eingelegte Käsesemmeln“, erzählte sie Jonas.

„Damit sie frisch und knusprig bleiben, braucht man eine spezielle Folie.“ Herr Pasternak lächelte. „Aber am besten sind die eingelegten Tannenzapfen“, schwärmte er. „Die sind so wunderbar würzig.“ Er überlegte. „Bestimmt könnte ich ein Gläschen davon finden, wenn ich mir besonders große Mühe gebe.“ Er sah sich um und kratzte sich den Kopf.

„Das wäre wirklich sehr nett“, sagte Anabel. „Ein anderes Mal gern. Jetzt müssen wir aber wirklich nach Hause, damit unsere Eltern sich keine Sorgen machen. Können Sie uns bitte den Ausgang zeigen?“, bat Anabel.

„Natürlich. Zu Hause ist es doch am schönsten“, sagte Herr Pasternak. „Ich werde es versuchen.“ Er überlegte, blickte in diese Richtung und in jene. „Ich habs!“, rief er. „Wir tun am besten so, als würden wir den Ausgang gar nicht suchen, sonst schlagen die Gänge am Ende Haken und wir landen flugs im Verlies, und dort willst du bestimmt nicht hin.“

„Nein“, sagte Anabel. Nach einem Verlies stand ihr wirklich nicht der Sinn.

„In diese Richtung“, sagte der alte Mann und stapfte los. „Ihr wollt bestimmt die Bibliothek sehen“, rief er lauter als notwendig, um von ihrem eigentlichen Ziel abzulenken. Dann blieb er plötzlich wieder stehen. „Obwohl“, meinte er, „wenn ich es recht bedenke.“ Er verstummte und tippte sich mit einem seiner langen Finger an die Lippen. „Die Bibliothek wäre tatsächlich ausgesprochen interessant für euch. Sie steckt voller Abenteuergeschichten aus den unterschiedlichsten Zeiten und Orten. Man findet dort auch Lexika mit unzähligen Bänden, in denen man Antworten auf jede Frage findet, die einem nur einfällt ...“

„Wir müssen wirklich nach Hause“, unterbrach ihn Anabel.

„Natürlich.“ Herr Pasternak nickte. „Die Bibliothek läuft ja nicht weg.“ Er ging wieder ein paar Schritte, bevor er erneut stehen blieb. „Obwohl man da eigentlich nicht sicher sein kann.“ Er lächelte und winkte ab. „Aber gut, das werden wir sehen, wenn es so weit ist.“

Anabel wusste nicht, wie lange sie mit Phileas Pasternak durch sein seltsames Haus wanderten. Vielleicht lief der Mann ja einfach im Kreis, um die Kinder in die Irre zu führen, damit sie völlig die Orientierung verloren. Oder um das Haus in die Irre zu führen, damit es ihnen keine falschen Abzweigungen vor die Füße pflanzte. Anabel hielt langsam alles für möglich. Über eine Lichtung im Wald gelangten sie endlich auf einen Weg, der von Tomatenstauden gesäumt war. Die Früchte leuchteten rot und sahen zum Anbeißen aus.

Phileas Pasternak pflückte zwei besonders glänzende Exemplare und hielt sie den Kindern entgegen. Jonas ließ sich nicht lange bitten und griff sofort danach, doch Anabel fiel ihm in den Arm. Sie musste plötzlich an Schneewittchen denken und an den vergifteten rotbackigen Apfel.

Phileas Pasternak biss in eine der Tomaten und begann sie genüsslich zu verzehren. Er schmatzte, Saft tropfte von seinem Kinn. Es duftete herrlich. Anabel lief das Wasser im Mund zusammen. Er pflückte eine weitere Frucht und hielt sie ihr entgegen.

„Sie wollen uns doch nicht mästen?“, fragte Anabel und zog ihren kleinen Bruder näher zu sich heran. Erst die Karotten, dann die Kekse und jetzt die Tomaten. Das kam ihr irgendwie verdächtig vor.

„Mästen? Wozu denn?“

„Um uns in den Ofen zu schieben und knusprig zu braten.“

„Was dir nur immer einfällt!" Phileas Pasternak schüttelte den Kopf. Kinder waren wirklich seltsame kleine Lebewesen. Obwohl er zugeben musste, dass er gar nicht wusste, was in der Welt da draußen vor sich ging. Es war schon lange her, seit er mit anderen Menschen zu tun gehabt hatte. Womöglich gab es ja welche, die Katzen oder gar kleine Kinder aßen. Dann war es ja kein Wunder, dass ihm die Welt, von der sein Haus umgeben war, Angst einjagte. Er käme ja nie und nimmer auf so eine schreckliche Idee. „Als würde euch jemand essen wollen!", höhnte er, weil er es trotz allem einfach nicht glauben konnte. „Und selbst wenn! Sieh dich doch einmal an!"

„Wieso? Ich sehe appetitlich aus. Jeder könnte sich glücklich schätzen, mich zu essen", gab Anabel trotzig zurück.

„Pah! Als ob! Du bist ja spindeldürr. Rein gar nichts ist an dir dran. Wollte man dich mästen, müsste man ja eine Unmenge an Essen in dich hineinstopfen. Das würde ja ewig dauern."

„Das könnte tatsächlich eine Weile dauern", gab Anabel zu und blickte an sich hinab.

„Und ich bin alt und habe nicht so lange Zeit." Er hielt ihr wieder eine Frucht hin. „Nur Tomaten", sagte er.

Und weil die Tomate so verlockend glänzte, sie auch schon vorher etwas gegessen hatte und sich plötzlich ziemlich dumm vorkam, nahm Anabel eine. Beherzt biss sie hinein, kaute und wartete, biss noch einmal, dann nochmal, bis sie alles aufgegessen hatte. Sie lächelte und wischte sich die klebrigen Finger in den Schlafanzug.

Wahrscheinlich war er tatsächlich einfach nur freundlich, überlegte Anabel, während sie den Mann beobachtete, der wiederum Jonas beim Tomatenessen beobachtete. Beinahe so etwas wie Wärme lag in seinem Blick. Ein wenig Ungeduld, doch auch so etwas wie Wärme.

Vielleicht war er ja nur nicht an Besuch gewöhnt, schon gar nicht an unangemeldeten. Wenn sie daran dachte, wie ihre Eltern mit Einbrechern umgehen würden, hatte sie ja im Grunde noch Glück gehabt, dass der Mann sie nicht gleich mit dem Besen verscheucht hatte. Das hätte durchaus passieren können.

Während sie diesen Pasternak so betrachtete, kam Anabel sich mit einem Mal ziemlich albern vor. Wie hatte sie nur denken können, der Mann würde ihren Kater essen oder gar sie und ihren Bruder? Ganz und gar lächerlich! Etwas nervös wirkte er schon, seine Augen wollten nicht stillstehen, seine Finger waren ineinander verschränkt, zuckten aber in einem fort.

Anabel musste an Großvater Walter denken. Der konnte manchmal ganz schön schrullig sein. Er häkelte seit Jahren schon an einer Decke, die einfach kein Ende nahm. Den gesamten Wohnzimmerboden konnte man damit schon auslegen, wenn man wollte, aber der Mann hörte einfach nicht zu häkeln auf. Er häkelte und häkelte, als müsste er damit einen dreißig Meter langen Blauwal zudecken. Wenn man ihn fragte, warum er das tat, warum er nicht stattdessen zu stricken begann und die Verwandtschaft mit Pullovern versorgte, oder zu nähen, um schöne Kleider zu verschenken, lächelte er lediglich und zog den Faden unaufhörlich durch die Laschen.

Anabels Vater meinte, seit seine Mutter gestorben war, tickte der arme Mann nicht mehr ganz richtig. Das war schon zehn Jahre her und seitdem häkelte Opa Walter sich durch ein Leben ohne Oma Ilse. Die Fäden schienen irgendwie seine Tage zusammenzuhalten, meinte Anabels Mutter.

So gesehen hatte wohl jeder seine Eigenheiten, beruhigte sich Anabel. Vielleicht war das ganze Zeug hier ja wie Opa Walters Decke. Hatte man erst einmal damit angefangen alles aufzuheben, konnte man nicht mehr aufhören. So erschien ihr Phileas Pasternak gleich viel weniger gruselig, auch wenn eine überdimensionale Häkeldecke nicht halb so furchteinflößend war wie ein Haus, in dem ein ganzer Wald zu wachsen schien.

Manchmal, hatte ihr Vater erklärt, fingen die Dinge klein und harmlos an, und eh man sich's versah, gerieten sie außer Kontrolle, und so kam es, dass Anabels Großvater an einer Abdeckplane für einen Jumbojet häkelte.

Außerdem konnte es schlimmer sein, hatte ihr Vater noch hinzugefügt. Wenn Opa Walter zu essen begonnen hätte und nicht mehr aufgehört hätte, bis er geplatzt wäre. Wenn er sich ins Bett gelegt hätte und nicht mehr aufgestanden wäre. Wenn er sich Katzen zugelegt hätte, eine nach der anderen, bis ihre felligen Hintern aus purer Platznot aus den Fenstern gequollen wären.

Das hatte Anabel durchaus eingeleuchtet. Ihr Vater lebte nach dem Motto: Schlimmer geht es immer. Alles nur eine Frage der Einstellung.

Endlich hatte auch Jonas seine Tomate gegessen und Phileas Pasternak löste sich aus seiner Erstarrung. Er hielt noch einmal kurz inne und blickte sich um. Links bog ein Weg mit Töpfen und Pfannen ab und rechts einer mit einem Gießkannenturm an der Ecke.

„So viele Gießkannen", staunte Jonas.

„Angefangen hat es mit der grünen und der rosaroten ganz unten." Herr Pasternak blieb vor dem bunten Turm stehen. „Sie haben sich wohl verliebt und na ja ..." Er überlegte. „... so etwas wie eine Gießkannendynastie gegründet. Lauter rosa-grün gestreifte Kannen bis an die Decke."

Gießkannendynastie! Wieder so ein Wort, das Anabel noch nie zuvor gehört hatte. Sie verkniff es sich allerdings, danach zu fragen. Ihr war schon ganz schwindlig von dem Haus und seinem seltsamen Innenleben.

Schließlich entschied sich Herr Pasternak für links, ging allerdings nur ein paar Schritte weit, bis er wieder stehen blieb und einen Schlüsselbund aus seiner Hosentasche holte.

Mindestens fünfzig Schlüssel baumelten daran und Anabel wunderte sich, dass sie alle in eine Hosentasche passten. Aber noch mehr wunderte sie sich über die schmale Tür, die zwischen unzähligen aufeinandergestapelten Suppentöpfen hervorlugte.

Wie bei den ägyptischen Mumien

Phileas Pasternak steckte einen kleinen unscheinbaren Schlüssel ins Schloss, der genauso aussah wie die vielen anderen kleinen, unscheinbaren Schlüssel an dem leise klimpernden Bund. Woher er wusste, welcher just in das Schloss dieser Tür passte, war Anabel ein Rätsel. Doch er passte. Es klickte und die Tür sprang auf. Phileas Pasternak schob sie gerade so weit zurück, dass man einigermaßen hindurchschlüpfen konnte.

Als er dann allerdings in dem Zimmer verschwand, zögerte Anabel. Er hatte sie ja nicht aufgefordert, ihm zu folgen, deshalb hielt sie auch Jonas zurück. Der wäre natürlich sofort hinterhergestapft, weil er ja ständig drauflosstapfte, ohne nachzudenken. So waren sie ja überhaupt erst in diesem Schlamassel gelandet.

Jetzt wollte sie lieber warten. Zumindest eine Minute, vielleicht auch zwei. Länger als zwanzig Sekunden hielt sie es dann aber doch nicht aus.

„Herr Pasternak!", rief sie. Nicht besonders laut, aber immerhin.

WEIN

Es kam keine Antwort.

„Herr Pasternak!", versuchte sie es noch einmal. Diesmal etwas leiser. Und wieder kam keine Antwort. Kein Ton drang aus dem dunklen Spalt.

„Okay", sagte Anabel. „Ich schau nach, wo er geblieben ist und du" – dabei stupfte sie ihren Bruder an, damit es keine Missverständnisse darüber gab, wer mit diesem *du* gemeint war – „du rührst dich nicht von der Stelle, bis ich zurück bin!"

Anabel machte gerade einen beherzten Schritt auf die Tür zu, da schoss ein Arm aus dem Spalt hervor. Kurz schauderte sie, weil ihr wieder auffiel, wie knochig die Finger und die Hand waren, bleich mit dunkleren Flecken. Die Nägel waren ungewöhnlich lang. Zumindest für einen Mann wie Herrn Pasternak. Sie erinnerten Anabel beinahe an Krallen. Als der Zeigefinger sich dann auch noch krümmte und sie heranwinkte, rutschte ihr fast das Herz in die Hose. Die Härchen in ihrem Nacken stellten sich auf, ihre Kehle war mit einem Mal staubtrocken. Was, wenn er doch ein Vampir war und sie in seine Gruft locken wollte? Sie zögerte.

„Er hat keine spitzen Vampirzähne", flüsterte sie und nickte dazu. Die wären ihr bestimmt aufgefallen. Und ein echter Vampir braucht nun einmal echte Vampirzähne.

Der Arm wurde wieder eingezogen und lautlos schwang die Tür noch ein wenig weiter auf. Sie musste sich Mut zusprechen und sich ein wenig schütteln, um endlich loszugehen.

„Okay“, wiederholte Anabel und drehte sich zu Jonas um. „Du kommst doch mit, aber bleib dicht hinter mir“, flüsterte sie. „Ganz dicht.“

Jonas nickte nur und griff nach der Hand seiner großen Schwester. Langsam näherten sie sich der Tür. Ein leicht muffiger Geruch drang daraus hervor, nach Staub und alten Vorhängen, als wäre der Raum vor Ewigkeiten verschlossen und eben erstmals wieder geöffnet worden.

Wie in einer Grabkammer in den ägyptischen Pyramiden, dachte Anabel. Die waren auch jahrtausendelang von niemandem betreten worden. Als sie mit ihrer Klasse im Museum gewesen war, hatte Aatif behauptet, in dem schönen Sarkophag läge sein UrUrUrUrUr-Onkel, weil er selbst ja auch Ägypter wäre. Tobias hatte ihn einen Lügner genannt, worauf Aatif ihm damit gedroht hatte, die Mumie seines UrUrUrUrUr-Onkels auf ihn zu hetzen.

Anabel hatte das ziemlich lustig gefunden, weil man Tobias jeden Bären aufbinden konnte, selbst wenn man ihn in Mullbinden wickelte und in einen Sarkophag steckte.

Jetzt war sie nicht sicher, was ihr lieber wäre: eine ägyptische Grabkammer samt Mumie drin oder dieses muffige, düstere Zimmer. Da sie aber ohnehin keine Wahl hatte, gab sie sich einen Ruck.

Es war so still, dass sie nur ihr eigenes Herzklopfen hörte. Allmählich gewöhnten sich die Augen an das Zwielicht. Der Raum schien sehr groß zu sein und Anabel fragte sich, wie alt das Haus wohl war und ob es schon von Anfang an so gebaut worden war oder tatsächlich im Laufe der Jahre gewachsen war, wie Phileas Pasternak behauptete.

Überall ragten seltsame Hügel auf, Haufen oder was auch immer das sein mochte. Anabel ging näher an einen der unförmigen Berge heran und strich sanft darüber. Tücher! Große weiße Tücher. Damit wurden Möbel abgedeckt. Möbel, die man nicht mehr brauchte, die man aber trotzdem vor Staub schützen wollte, falls man in Zukunft vielleicht doch noch Verwendung dafür finden würde.

Und hier lagerten viele Möbel unter staubigen Tüchern. Ein großes Bett konnte Anabel erkennen, vier Tische, drei Sofas, fünf Schränke und acht Kommoden. Wahrscheinlich waren die Stücke einmal im ganzen Haus verteilt gewesen, bevor die Sammelwut ihres Besitzers sie immer weiter in den abgelegensten Winkel des Hauses verbannt hatte. Wenn man so viel Zeug hortete, brauchte man eben Platz.

In der Mitte des Raumes reichte ein Stapel Stühle bis an die Decke. Vor Bewunderung blieb Anabel der Mund offen stehen. Sie dachte an ihr Stapelspiel mit den kleinen bunten Plastikstühlchen. Vor Kurzem erst hatte sie es weggegeben. Doch auch in ihrer besten Phase hatte sie

es niemals zusammengebracht, so viele davon aufzutürmen. Mindestens zwanzig Stühle waren da vor ihr windschief aufeinandergestapelt.

Das Zimmer war groß. Oder es kam Anabel nur so vor, weil sie sich gerade eben noch in den schmalen Korridoren bewegt hatten. An der Decke hing ein imposanter Kronleuchter mit vielen Armen und gläsernen Tropfen dran. Sie konnte sich vorstellen, wie er funkelte, wenn abends das Licht aufgedreht war. Aber so, wie es hier drin aussah, war auch der Leuchter schon lange nicht mehr in Betrieb genommen worden.

„Der ist bestimmt sehr alt und wertvoll", sagte Anabel zu Jonas, der mittlerweile ziemlich still geworden war. Das war nie ein gutes Zeichen, wusste Anabel, denn dann ging bald die Jammerei los. Also redete sie weiter. Damit er beschäftigt war und gar nicht daran dachte, dass er womöglich müde war oder hungrig oder einfach zu seiner Mutter wollte.

„Und die ganzen Bilder an den Wänden", fuhr Anabel fort.

Die Gemälde wirkten verblasst und rissig, eingerahmt von schnörkeligen, pompösen Holzrahmen. Aber nicht nur das Material sah ziemlich mitgenommen aus. Selbst die Personen, die dort abgebildet waren, schienen schon bessere Zeiten gesehen zu haben. Sie trugen verblasste Kleider. Mit müden Augen blickten sie von den Leinwänden herunter. Selbst ihre Haare waren grau und etwas zerzaust.

„Wer lässt sich so malen?", fragte sich Anabel. Diese Pasternaks mussten eine sehr seltsame Familie sein.

„Der sieht aus wie Herr Pasternak", stellte Jonas fest und zeigte auf das Bild eines Mannes mit einer seltsamen Perücke auf dem Kopf und großen Rüschen am Hemdkragen.

„Sicher irgendein Vorfahre von ihm, so ähnlich, wie sich die zwei schauen."

Der Anblick dieser Bilder machte Anabel traurig. Mit einem Mal tat der komische Kauz ihr fürchterlich leid. Das war eine echte Ahnengalerie, vor der sie hier standen. Wer weiß, wie viele Generationen Pasternaks hier auf Leinwand verewigt worden waren. Und mit Phileas Pasternak würde alles enden. Der lebte ja ganz allein und würde daher der letzte Pasternak in einer langen Reihe von Pasternaks sein.

In der linken hinteren Ecke entdeckte Anabel ein Klavier. Die Umrisse zeichneten sich ganz deutlich unter dem weißen Tuch ab. Wie gerne würde sie ein wenig darauf herumklimpern. Bestimmt war es seit Jahren nicht mehr gespielt worden und klang ganz schief und verstimmt.

Daneben, unscheinbar und unerwartet, sah sie es dann. Ein kleiner Spalt nur, der Vorhang war nicht ganz zugezogen. Dahinter schimmerte fahles Tageslicht.

„Ein Fenster", flüsterte Anabel. Sie nahm Jonas' Hand und drückte sie. „Ein Fenster", wiederholte sie und klang dabei so ehrfürchtig, als wäre eben ein Raumschiff auf der Wiese gelandet.

Jonas interessierte sich nicht besonders für irgendwelche Fenster. So allmählich wollte er seine Cornflakes mit Milch und seinen zweiten Gummistiefel.

„Es ist das erste Fenster, das man vielleicht öffnen kann", sagte Anabel. „Abgesehen von dem, durch das wir hereingekommen sind. Ich hab allerdings keine Ahnung, wie wir das wiederfinden sollen. Aber jetzt stehen wir vor einem richtigen Fenster, und wenn wir durch das eine reingekommen sind, können wir durch ein anderes wieder hinaus." Anabel strahlte Jonas an.

Vorsichtig zog sie den Vorhang ein wenig zur Seite. Davon wurde so viel Staub aufgewirbelt, dass sie niesen musste. Die Scheibe war so schmutzig, dass man kaum erkennen konnte, was sich dahinter befand. Einen Baum konnte Anabel ausmachen, ein paar Sträucher und weiter hinten ein Haus.

„Das muss das Haus der Grubers sein", sagte Anabel.

Die hatten vier große Doggen, die ständig bellten und die ganze Nachbarschaft nervten. Wenn die im Garten waren und Anabel pfiff oder rief, begannen sie bestimmt zu bellen. Dann kamen ihre Besitzer angerannt und holten Anabel und Jonas aus diesem gruseligen Haus. Es war ja schließlich alles andere als sicher, dass Herr Pasternak irgendwann den Ausgang finden würde.

Das Mädchen zog den Klavierhocker unter dem Tuch hervor, schob ihn an das Fenster und kletterte hinauf, um an den Riegel heranzukommen. Der Messinggriff fühlte sich kalt und schmierig an. Mit aller Kraft zerrte und drückte sie, doch der Riegel schien eingerostet zu sein. Er ließ sich keinen Millimeter bewegen. Verzweifelt drückte Anabel ihre Nase an die schmutzige Scheibe und hielt Ausschau, ob vielleicht irgendjemand da wäre, dem sie winken konnte oder der ihr Klopfen hören könnte. Vergeblich. Weit und breit war niemand zu sehen, der dafür sorgen konnte, dass sie endlich wieder nach Hause kamen. Und von dem alten Herrn fehlte auch jede Spur, seit er in das Zimmer verschwunden war.

Wenn sie einen der Stühle ans Fenster schieben konnte, dann würde sie höher hinaufreichen und bekäme den Riegel besser zu fassen. Anabel drehte sich um und starrte den Stapelturm an. Natürlich durfte man nicht einfach einen herausziehen, das brächte das Gebilde mit Sicherheit zum Einsturz. Doch die Verlockung war so groß. Zumindest berühren musste sie dieses einmalige Bauwerk.

Ehe sie sich dessen bewusst war, stand sie ganz nah vor dem windschiefen Turm, so nah, dass sie den Kopf weit in den Nacken legen musste, wenn sie die Spitze sehen wollte. Ein Stuhl mit geschwungenen Beinen und roter Samtpolsterung thronte ganz oben. Er sah alt und wertvoll aus und würde womöglich zerbrechen, wenn er aus so großer Höhe zu Boden stürzte. Das würde ihr Herr Pasternak bestimmt niemals verzeihen.

Anabel strich mit den Fingern ganz sacht über den Stuhlrücken vor ihr. Dann versuchte sie ein klein wenig daran zu ziehen, ließ aber gleich wieder los. Ein Zittern ging durch den Stapel.

„Nein!", schrie Phileas Pasternak just in dem Augenblick, als Anabel die Stühle wieder berühren wollte.

Sie erschrak furchtbar. Jonas ebenfalls. Er krallte sich an ihrer Pyjamajacke fest und versteckte sich hinter seiner großen Schwester. Selbst der Turm zitterte. Das konnte natürlich auch daran liegen, dass Anabel das Gleichgewicht etwas ins Wanken gebracht hatte, doch das glaubte sie nicht. Sie war überzeugt davon, dass Phileas Pasternaks Geschrei das Zittern der Stühle verursacht hatte.

Vorhin bei den Tomaten war er Anabel noch so freundlich erschienen. Dieser Eindruck war jetzt wie weggewischt. Womöglich war das ja nur gespielt gewesen, weil er sie in Sicherheit hatte wiegen wollen, damit sie nicht mehr länger vor ihm davonlief. Jetzt schaute er jedenfalls alles andere als freundlich aus. Seine Augen blitzten böse und seine knochigen Hände waren zu Fäusten geballt. Jonas gab einen wimmernden Laut von sich.

„Nein, nein, nein!“, jaulte Phileas Pasternak. „Ihr sollt nichts anfassen! Niemand darf hier etwas anfassen!“

„Ich hab doch nur ...“, begann Anabel. Sie krächzte und fühlte sich schuldig, weil sie den Mann so zornig gemacht hatte. Sie wollte sich entschuldigen, aber Herr Pasternak ließ sie nicht zu Wort kommen.

„Nein, nein, nein!“, zeterte er und hielt sich die Ohren zu.

„Ist doch gar nichts passiert“, wehrte sich Anabel. Schließlich stand der Turm ja noch. Dass Erwachsene auch immer aus winzigen Mücken riesige Elefanten machen mussten.

Das beruhigte Phileas Pasternak allerdings nicht im Geringsten. Er stürzte auf den Stapel Stühle zu. Anabel und Jonas wichen zurück. Der alte Mann umkreiste sein Werk und fuchtelte dabei mit den Armen.

Wenn er nicht aufpasste, brachte er sein kostbares Werk selbst noch zum Kippen, fürchtete Anabel. Sie biss sich aber auf die Zunge. Das wollte er jetzt bestimmt nicht hören.

Schließlich wurde Phileas Pasternak langsam ruhiger, keuchte nur noch ein bisschen.

„Es tut mir leid!“ Anabel piepste beinahe und schaute zerknirscht zu Boden.

„Kinder müssen Erwachsenen gehorchen“, behauptete Phileas Pasternak.

„Wer sagt das?“, erwiderte Anabel.

Er zögerte und dachte nach. „Meine Eltern sagten das wohl und meine Großmutter.“

„Das ist aber schon lange her“, sagte Anabel.

„Na und? Wahr ist es trotzdem.“

„Vielleicht erinnern Sie sich ja nicht mehr richtig. Vielleicht haben sie ja gesagt, dass Erwachsene auf Kinder hören sollen. Kinder können nämlich ziemlich klug sein.“

Phileas Pasternak überlegte.

„Na gut“, sagte er dann. „Einigen wir uns darauf, dass der Dümmere auf den Klügeren hören muss.“

„Das erscheint mir fair“, stimmte Anabel zu. „Aber wie finden wir heraus, wer von uns beiden der Klügere ist?“

„Das ist doch wohl klar“, behauptete Herr Pasternak.

„Tatsächlich? Und wer ist es?“

„Selbstverständlich ich“, stellte der alte Mann klar. „Du bist schließlich diejenige, die durch ein zerbrochenes Kellerfenster in ein fremdes Haus geschlüpft ist. Das war ziemlich dumm, wie du zugeben musst.“

Anabel errötete. Das musste sie wirklich zugeben.

„Trotzdem“, sagte sie. „Sie könnten noch viel Dümmeres gemacht haben.“

„So etwas Dummes?“ Der alte Mann schnaubte. „Ganz bestimmt nicht.“

Anabel gab nach. Sie wollte nicht alles noch schlimmer machen und vor allem wollte sie jetzt endlich nach Hause.

Sofort und auf der Stelle. Also versuchte sie es mit Freundlichkeit, sonst müsste sie nämlich schreien, schrill und spitz, und obendrein noch mit dem Fuß aufstampfen. Bei ihrer Mutter kam sie damit nicht weit. Ihr Vater dagegen lenkte immer sehr schnell ein, weil er Angst hatte, sein Trommelfell würde platzen.

Phileas Pasternak beäugte seinen Turm immer noch voller Sorge, lehnte sich vor, als würde er daran riechen. Dann schloss er die Augen und atmete tief durch.

„Nichts anfassen!“, bekräftigte er noch einmal, und Anabel nickte heftig.

Sie stieß Jonas leicht in die Seite, damit der auch nickte. Er hob sogar eine Hand zum Schwur.

„Ehrenwort!“, versicherte er und kreuzte dabei nicht einmal die Finger hinter seinem Rücken.

Phileas Pasternak schwankte, als würde er darüber nachdenken, ob man den Kindern trauen konnte. Er schaute die beiden an, eindringlich und schweigend. So eindringlich, dass Anabel ein schlechtes Gewissen bekam, weil sie seine Welt so durcheinandergebracht hatte.

„Es tut mir leid“, flüsterte sie und fasste ihren kleinen Bruder fester an der Hand. Sie verstand nicht, was hier vorging, was für ein Mensch dieser Pasternak eigentlich war und warum er sich zwischen all diesen Sachen vor der Welt da draußen versteckte.

„Mir tut es auch leid“, versicherte Phileas Pasternak schließlich. „Ich hätte nicht schreien sollen, aber wenn man so lange allein lebt, weiß man gar nicht mehr, wie man sich anderen gegenüber benehmen soll." Er hielt inne und blickte sich unsicher um. „Und vor allem weiß ich auch gar nicht, wie das Haus reagiert, wenn man etwas durcheinanderbringt. Es ist nicht mehr an Kinder gewöhnt." Dann lachte er. „Ist ja zum Glück nichts passiert", sagte er und lehnte sich gedankenverloren gegen den Stapel.

Und dann passierte es. Phileas Pasternak erbleichte. Ein leises Zittern ging durch den Stapel, durch das Haus, vielleicht sogar durch die Welt. Zumindest durch Phileas Pasternaks Welt. So etwas hatte es nämlich noch nie gegeben.

Seine Welt war schließlich fein säuberlich aufgebaut worden, über Jahre, Jahrzehnte, gar Jahrhunderte. Alles griff ineinander, hing zusammen, wie ein einziger großer Organismus.

Dem alten Mann fiel nichts anderes ein, als die Luft anzuhalten. Für einen Moment nur. Viel Zeit blieb ihm nämlich nicht, denn bald würde hier kein Stein mehr auf dem anderen sein. Das spürte er mit jeder Faser seines Körpers. Er war schließlich so viel mehr als nur der Bewohner dieses Hauses. Er war ein Teil von ihm, fest verbunden mit allem, was darin war. Deswegen ging das leise Zittern nicht nur durch den Stapel oder durch das Haus, sondern auch durch Phileas Pasternak selbst. Es erfasste ihn bei den Zehen, stieg auf bis ganz nach oben zu den Ohren und jedes einzelne seiner Härchen stellte sich langsam auf. Und dann war es still. Die Ruhe vor dem Sturm. Phileas Pasternak ließ die angehaltene Luft mit einem Seufzer entweichen und der Stapel neigte sich. Langsam, beinahe unentschlossen, hätte man meinen können, aber unaufhaltsam.

„Oje", flüsterte der alte Mann und schaute die Kinder erschrocken an. Dann packte er Anabel an der Hand und zog sie mit sich. „Schnell! Wir müssen uns beeilen. Schnell raus hier!"

Der Stapel kippte. Es knackte leise, als würde eine dünne Eisdecke brechen. Die Stühle lösten sich aber nicht voneinander. Also fiel der Stapel der Länge nach gegen einen Stapel aus irgendwelchen anderen Dinge. Dieser Stapel kippte ebenfalls und knallte gegen den nächsten. Ein Stapel nach dem anderen kam ins Kippen. Eine Kettenreaktion war ausgelöst worden. Das war vielleicht ein Getöse. Es rumpelte, krachte und grollte und Phileas Pasternak hatte alle Mühe, sich und die Kinder davor zu bewahren, unter den einstürzenden Wänden begraben zu werden.

Ein Haus platzt aus allen Nähten

Die drei hetzten blindlings davon. Die umstürzenden Stapel trieben sie vor sich her, bis sie schließlich vor dem Chaos die eng gewundene Wendeltreppe hinauf in die Dunkelheit flohen. Doch weder Anabel noch Jonas kamen dazu, sich zu fürchten. Sie kamen ja nicht einmal dazu, Atem zu holen. Herr Pasternak scheuchte die beiden unerbittlich voran, einen dunklen Korridor entlang, vorbei an Rüstungen, Gemälden und jeder Menge Vergangenheit. Doch es rumorte und wackelte auch hier so heftig, dass sie noch weiter nach oben mussten. Der alte Mann zog schnell eine Faltleiter aus der Decke und schob Anabel und Jonas hinauf zum Dachboden. Es war furchtbar stickig dort oben und die Kinder drängten sich voller Angst zusammen.

„Es wird alles gut", versuchte Phileas Pasternak sie zu beruhigen, auch wenn man den Eindruck gewinnen konnte, dass er mehr zu sich selbst als zu den Kindern sprach. Er stemmte sich gegen eine Dachluke. Sie spießte erst und quietschte, als sie schließlich aufging.

„Kommt!", drängte er und hob erst Anabel und dann Jonas vorsichtig aufs Dach hinaus, ehe er den beiden folgte. Sie konnten sich schließlich auf den dicken Ast einer alten, knorrigen Eiche retten, von wo aus sie bange das Haus beobachteten. Es knackte, knarzte und klirrte. Risse brachen durch den Verputz, Zweige lugten hervor. Die Mauern blähten sich und schließlich, nach einem tiefen Rumoren, platzte das Haus aus seinen Wänden. Möbel, Gegenstände, Bücher, Mappen und Geschirr quollen aus den Öffnungen und landeten im Garten, ja hingen teilweise sogar in den Ästen der umliegenden Bäume, so sehr wurden die Dinge durch die Luft gewirbelt. Und die drei saßen auf dem Baum, klammerten sich an dem dicken Ast fest und beobachteten das Geschehen mit schreckgeweiteten Augen. Neben ihnen landete ein geblümtes Sofa und bog den Ast gefährlich nach unten.

Wenn ein Haus aus allen Nähten platzte, dann machte das natürlich einen fürchterlichen Lärm, so fürchterlich, dass selbst der müdeste Sonntagslangschläfer vor lauter Schreck aus seinem Bett fiel. Ein Erdbeben?, fragte man sich. Ein Wirbelsturm? Oder gar ein Vulkanausbruch? Vorsichtig steckten die Leute ihre Köpfe aus den Haustüren, um zu schauen, was da vor sich ging. Zögerlich traten sie ins Freie, blickten sich ratlos um und sahen schließlich den Schlamassel. Sie hatten allerdings keine Ahnung, was sie davon halten sollten. Niemand konnte sich vorstellen, dass sich der Inhalt eines Hauses einfach so in den Garten und auf umstehende Bäume ergießen konnte. So etwas Verrücktes erschien allen ganz und gar unmöglich. Und doch fand man keine vernünftige Erklärung. Köpfe wurden geschüttelt, Augen gerieben und voller Ungläubigkeit zusammengekniffen. Frau Gruber, die Besitzerin der vier Doggen, sank schließlich in einen bequemen Ohrensessel, der ursprünglich in der Bibliothek des Hauses gestanden war. Nun befand er sich allerdings bei einem wild wuchernden Brombeerstrauch neben Phileas Pasternaks Gartentor. Frau Gruber starrte auf das Durcheinander und staunte mit offenem Mund.

Auch Martin und Elise Caruso wurden durch das Gerüttel und den Radau geweckt. Sie stiegen in ihre Pantoffeln, zogen sich die Morgenmäntel über und schlurften hinaus in den Garten wie all die anderen Bewohner der Straße am Rande der Stadt. Voller Verwunderung starrten sie auf das Nachbargrundstück, unfähig, sich einen Reim auf das Ganze zu machen. Langsam näherten sie sich. Schließlich erblickte Elise ihre beiden Kinder und einen alten Mann ganz oben auf einem dicken Ast der Eiche.

Sie fiel beinahe in Ohnmacht vor Schreck, zupfte ihren Mann am Ärmel und zeigte auf den Baum.

„Du denkst doch nicht, dass unsere Kinder etwas mit diesem Durcheinander hier zu tun haben?“, fragte er seine Frau.

„Das ist doch jetzt egal“, rief sie. „Wir müssen sie da herunterholen, bevor sie am Ende noch abstürzen.“

Eine lange Leiter wurde herangeschafft und so konnten die drei endlich hinunterklettern.

Für jemanden wie Phileas Pasternak war es beängstigend, wenn die Mauern, die ihn bisher vor der Welt geschützt hatten, plötzlich einstürzten. Und damit nicht genug: Er war ja regelrecht in diese Welt hinauskatapultiert worden. Vielleicht war das aber auch ganz gut so, weil er nun gar nicht dazu kam, darüber nachzudenken. Sein Hab und Gut hatte sich in die Welt ergossen, die Menschen waren zusammengelaufen und er stand mittendrin. Er stand tatsächlich mittendrin und ... Er tastete sich ab, überprüfte, ob alle Knochen heil waren, und kam zu dem Ergebnis, unversehrt zu sein. Er stand also mittendrin und hatte überlebt.

„Ist auch niemand verletzt?“ Elise Caruso drückte Anabel und Jonas fest an sich.

Die Kinder und Phileas blickten einander an, alle waren offenbar mit heiler Haut davongekommen.

„Das ist Herr Pasternak“, stellte Anabel den alten Mann ihren Eltern vor und zog ihn ein Stück näher.

„Guten Tag! Wir sind die Eltern der beiden.“ Elise Caruso lächelte ihren Nachbarn zaghaft an.

„Wir hoffen, die zwei haben Ihnen keine Umstände gemacht“, sagte Martin Caruso. Er schaute sich um. „Das wart doch nicht etwa ihr?“, zischte er Anabel zu.

Das Mädchen schob den alten Mann etwas nach vorne und Phileas Pasternak fühlte sich sogleich, als hätte er etwas angestellt. Er wusste nicht, wie er das Durcheinander erklären sollte.

„Tut mir leid, dass wir Sie geweckt haben“, brachte er schließlich hervor. „Aber damit“, er deutete auf das Haus oder das, was davon übrig war, „damit hat wirklich niemand rechnen können.“

„Aber was ist denn überhaupt passiert?“, fragte Elise Caruso, während sie ihre beiden Kinder fest an den Händen hielt.

„Also, ich hab die gestapelten Stühle berührt“, sagte Anabel.

„Und ich hab mich dann aus Versehen angelehnt“, fuhr Herr Pasternak fort. „Aber wirklich nur aus Versehen“, fügte er zum Haus gewandt hinzu. „Und dann schwupp ...“

Er zuckte mit den Schultern. „Ich weiß auch nicht, was in das Haus gefahren ist.“

„Es hat uns wohl irgendwie ausgespuckt“, meinte Anabel und betrachtete das Chaos rundherum. „Und alles andere auch.“

„Selbst mich“, stellte Herr Pasternak verblüfft fest, als wäre es ihm eben erst bewusst geworden. „Ich sollte beleidigt sein“, empörte er sich und wandte sich dem Haus zu. „Du undankbares Gemäuer!“, rief er. „So eine Frechheit! Ich habe praktisch mein ganzes Leben damit verbracht, Ordnung zu halten, und jetzt das! Da brauch ich ja glatt noch ein ganzes Leben, um das alles wieder aufzuräumen.“ Herr Pasternak drehte sich wieder um und schüttelte den Kopf. Anabels Eltern starrten ihn entgeistert an. „Das alte Gemäuer hat so seine Eigenheiten“, fügte er hinzu, als wäre das die Erklärung für das klitzekleine Durcheinander und im Grunde alles halb so schlimm.

Natürlich glaubten ihm Anabels Eltern kein Wort. Das war ja auch zu fantastisch, als dass es wahr sein konnte. Häuser und ein Eigenleben! Lächerlich! Andererseits hatte auch Elise Caruso keine natürliche Erklärung für das Ganze, obwohl sie Wissenschaftlerin war und jeden Tag alle möglichen Erklärungen für alle möglichen Sachen fand. Hier war sie aber mit ihrem Latein am Ende.

„Vielleicht waren es ja die Bäume“, vermutete Anabel. „Als die Wände einstürzten, bekamen sie mehr Platz, streckten womöglich ihre Äste aus und brachen so durch die Mauern und Decken.“

Phileas Pasternak nickte. Die Erklärung schien ihm so gut wie irgendeine andere. Was auch immer der Grund für diesen Hausausbruch war, wenn er das alles wieder aufräumen wollte, hatte er alle Hände voll zu tun.

Martin Caruso blickte in die Runde und fragte sich insgeheim, ob er vielleicht noch in seinem Bett lag und einfach nur einen ziemlich verrückten Traum hatte. Er kniff sich unauffällig in den Unterarm, wachte allerdings nicht auf. „Ich hätte da noch eine Frage“, sagte er dann. „Warum hängt eine Salami dort im Gestrüpp?“

„Wegen Oskar“, erklärte Anabel und erstarrte, kaum dass die Worte ihren Mund verlassen hatten. „Oskar!“, rief sie aus. „Bestimmt ist er noch irgendwo im Haus, plattgedrückt wie eine Flunder!“

„Oskar sitzt dort auf dem Sofa“, sagte Jonas.

Ein großes gestreiftes Sofa aus dem Salon stand nun mitten im Garten, ein blankpolierter Tisch davor, als hätte jemand die Möbel absichtlich genau dort und nicht woanders abgestellt. Die weißen Leintücher, mit denen sie zum Schutz gegen Staub abgedeckt gewesen waren, waren wohl irgendwo hängengeblieben.

Die alte Frau Wolkenheim, die am Beginn der Straße wohnte, saß darauf und streichelte Anabels Katze.

„Das sind wirklich schöne Stücke, die Sie da haben“, stellte die alte Dame fest und lächelte Herrn Pasternak an.

Herr Pasternak hatte aber keinerlei Erfahrungen mit Menschen, die ihn nett anlächelten, also errötete er erst einmal, weil ihm nichts Besseres einfiel.

„An diesem bemerkenswerten Tisch mit seinen kunstvollen Intarsien könnte man bestimmt wunderbar Tee trinken“, sagte sie.

Phileas Pasternak stand da wie angewurzelt. Erst explodierte sein Haus und dann waren da diese vielen Leute. Er wusste nicht, wo ihm der Kopf stand.

Anabel stieß den alten Mann sanft in die Seite.

„Herr Pasternak! Die Dame ist ein Gast und hätte gerne eine Tasse Tee“, sagte sie.

„Oh“, erwiderte der alte Mann. „Einen Moment.“

Phileas Pasternak verschwand im Wald seines Hauses. Eine ganze Weile später tauchte er wieder auf, ein Tablett mit einer Kanne und zwei Tassen dabei. Er zögerte kurz und stellte schließlich alles vor Frau Wolkenheim ab.

„Wie nett von Ihnen“, bedankte sich die alte Dame. „Das könnten wir in Zukunft öfter machen.“

„Nun“, begann Herr Pasternak und verstummte gleich wieder. „Ja“, sprach er weiter. „Also ...“ Er war nicht sehr geübt darin, ein Gespräch zu führen, und brauchte daher eine Weile, bis er die richtigen Worte fand. „Wenn ich die Mauer nicht ganz schließe, dann finde ich sicher wieder heraus“, sagte er und nickte.

Den Leuten war das natürlich alles ziemlich unheimlich. Erst war das Haus gruselig und verschlossen und nun war es einfach geplatzt. Was man davon halten sollte, wusste man nicht. Schließlich gab es ja immer noch die Gerüchte über diesen seltsamen alten Mann. Er konnte immer noch böse sein, ein Unglücksrabe oder Haustieresser. Es war also bestimmt ratsam, ihm auch weiterhin mit einer gehörigen Portion Misstrauen zu begegnen.

Doch weil die Pasternaks so viele Dinge über so viele Jahre, Jahrzehnte und Jahrhunderte hinweg gesammelt hatten, fanden immer mehr Leute Sachen, die sie sich unbedingt ausleihen wollten. Die Nachbarn kamen also dann und wann vorbei, setzten sich auf den Ohrensessel oder das Sofa und wechselten ein paar Worte mit Phileas. Die Kinder stibitzten die eine oder andere Zuckerstange von den weihnachtlich geschmückten Bäumen im Haus. Die Mutigen unter ihnen ließen sich sogar mit Stirnlampen durch das umgestürzte Stapeldickicht im Haus führen. Sie krochen hinter dem alten Mann her und freuten sich über unerwartete Funde wie die Teile einer Ritterrüstung oder eine kunstvoll verzierte Meerschaumpfeife.

Einige Erwachsene halfen ihm sogar schließlich dabei, Teile des Hauses wieder instand zu setzen. Doch so, wie es einmal gewesen war, sollte es ohnehin nicht mehr werden. Da war sich Phileas sicher, denn auch wenn seine Mauern geborsten waren, hatte es noch nie einladender ausgesehen. Die Leute besuchten es wie einen Park oder ein Kuriositätenkabinett. Alles war auf den Kopf gestellt, seine Ordnung, sein Haus, sein Leben. Allmählich gewöhnte der letzte der Pasternaks sich daran und kam von Tag zu Tag besser damit zurecht.

Das Haus hatte sich geöffnet. Vielleicht, überlegte Phileas, vielleicht haben aber auch die Menschen in der Straße ihrerseits ihre Häuser geöffnet, als sie Dinge von hier zu sich geholt haben. Vielleicht begannen sie ja nun auch zu sammeln und bald würden alle Häuser in der Straße immer mehr zu einem Teil seines alten Hauses werden. Schließlich ist es irgendwann einmal um die Bäume herumgewachsen, warum also nicht auch um die anderen Häuser? Ganz langsam, ohne dass die Leute es bemerkten. Der alte Mann konnte sich das gut vorstellen. Die Erklärung war so einleuchtend wie eine andere und er dachte nicht länger darüber nach.

Wenn Anabel nun von ihrem Zimmer auf das Nachbarhaus blickte, schien es sonnendurchflutet und von schönen Pflanzen und Bäumen umgeben. Manchmal sah sie Phileas Pasternak, wie er ein Nickerchen auf seinem Baumsofa hielt, wo ihm die Blätter der Eiche angenehmen Schatten spendeten. Oder aber er trank eine Tasse Tee mit der alten Frau Wolkenheim. Und manchmal tauchte Phileas' haarloser Kopf in den zahlreichen Risse und Spalten auf und der alte Mann lächelte ihr zu. Dann setzte Anabel ihre Augenklappe auf und lief hinüber. Es gab noch so viele Schätze in dem Haus zu entdecken, auch wenn sich das alte Gemäuer große Mühe gab, sie für sich zu behalten. Doch so leicht ließ eine Piratin sich nicht abhalten und ein Phileas Pasternak genauso wenig. Sie krochen in die dunkelsten Höhlen, eroberten verborgenste Winkel und bargen kostbarste Schätze, weil es eine Menge zu entdecken gibt, wenn eine alte Welt und eine neue aufeinandertreffen.

Inhalt